そして書斎の窓から大きな頭部をさし入れると、机の上の書きかけの詩稿を読み始めるのだ。熱心に。かれはそのために遠い道のりをやってくるのだ。夜ごと夜ごと。そうして、読み終えると、ふたたび帰っていくのだ。森の奥へ。

詩を書くたびに、男はいつもすこしかなしくなるのだった。い
つづけてもけして読まれることがないのだと思うと。
男はしあわせな気持ちで思い返すのだ。いま、わたし
がいるのだと。世界でただ一人の大きな頭の読者が。

現代詩文庫 214

思潮社

中上哲夫詩集・目次

*

作品論・詩人論

装幀・菊地信義

詩篇

詩集〈下り列車窓越しの挨拶〉から

なぐり合おう

なぐり合おう
男らしく堂々と
徹底的になぐり合おう
喫茶店の席を立って
雨の通りに出よう
なぐり合うために夜の公園へ行こう
雨に濡れてなぐってなぐられて
倒れるまでなぐり合おう
雨が温く流れ出すまで
血を流してなぐり合おう
空が白むまでけもののようになぐり合おう
まあとか
まあまあとか手を振つて
屋台のノレンをかきわけて
まあとかまあまあとか焼酎を傾けて
仲直りするのはたくさんだ
四辻で東洋的に微苦笑し
商人の握手をしひらひらと手を振つての別れ
慰め合いあやまり合う恋人たちの抱擁
女学生の美辞麗句の友情
武者小路実篤の友情
その他日常の友情
アパートの廊下の立ち話し
となり同志の挨拶、付き合い
学生間の付き合い
会社の付き合い
親友たちの白々しい関係
世間の卑屈で陰険な目付、犬の目付
妥協、平和的共存、協調、仲好しこよし
出しやばり、おせつかい、親切ごかし
ヨイヨイヨイと手を打つて
盃ほしてドウモドウモ
その他たくさんぼくらの日常

さあ出かけよう
なぐり合うために夜の河原に立とう
せせらぎの音を聞きながら
月の下に映画のように向い合い
夜明けまで
男らしく堂々と
倒れるまで
血を流して倒れるまでなぐり合おう
さあ！

愚痴（1）

まじめがいいよまじめがなんといってもまじめがいいよそんなこといつちやいけないよまじめがいちばんだよそれがいいよヨシキはまじめだよちやんとやつているしいまじや副主任だよあの子は頭がいいんだよシゲルとは頭のできがちがうんだよどうしてあんな子ができたんだろうね鬼子だよあたしの人生もあの子のお蔭でめちやくちやだよろくでなしだよ能なしだよとうさんは厳格な人だつたよよくできた人だつた惜しい人だつたよあたしにはもつたいない人だつたでもあたしは好きじやなかつたねとうさんさえ生きていてくれたらねあの子は母親だと思つていうことをきかないんだよてんでばかにしてなまけもので職安へ行けつていつても行かないんだから一日中たばこばかし喫つてんだからろくでなしだよきようだつて三百円やつたらどつか出かけていつてぱつぱつ使つちやつてくるんだからまた渋谷かどつかでコーヒー喫んできたんでしようなんに使つたんだつていつても黙つてたばこばつかし喫つてんだから頭がおかしいんだよ分裂症なんだよ薬ののめつていつても飲まないしほんとにしようがない子だよでもいつしよけんめい働いたんだよ夜遅くまで所長さんもあの子の働きは認めてくれたんだけどあの子のことだから何か変なところがあるんでしよきつとそうだよそいでなきやあんなにいつしよけんめい働く子を首になんかするもんですかかわいそうな子だよそのうちまたどつか見つかるでしよああやつていちんちじゆうたばこばつかし喫つてんだからそいでなまいきにビ

ールなんかとつて飲んでんだからツケだから勝手にとつてきちや飲んでるんだから月末にうんととられるよほら駅前のナガハラさんあそこツケがきくでしよだめだつていつてもいいよわかつたよつてきかないんだからタカタさんからは泥棒の件で家賃とれないでしよまあヨリタさんからは貰えるけどサトウさんくれるかしらひとつ屋根の下に二人も失業者がいちややんなつちやうよほんとにあの子に影響もよくないよ部屋代だけで食べてんだから困つちやうわほんとにその点ヨシキは安心だよまじめ一方だしお酒は飲むのよ嫁も一緒に飲むの嫁には甘いんだやさしいんだよお尻の下にしかれつぱなしでさボーナスで電気冷蔵庫を買つたんだつてあきれちやうよ冷蔵庫なんてうちは井戸水でしよすぐ冷えるよなんでもでもこのごろ調子悪いんだよこないだヨシキが直していつたんだけどまただめになつちやつたんだよお金とられるようんとシゲルが早く働きにでてくれるとほらああやつてチャンネルをぱちぱちぱちぱち回してばつかしいるんだよあのテレビはもう寿命だよヨシキが作つたんだよ器用なんだよ好きなんだよ秋葉原まで行つて材料買つてきて三万円くらいしかかからなかつたよまだ近所じやつけてない時代だよよく映つたよもうだめだめ寿命だねヨシキんちのテレビは七万だつてあたしだつたらおいしいもの食べてあとは貯金するよでもあの子はまじめだよまじめがいいよいちばんだよ

下り列車窓越しの挨拶

おお世話になつたな年をとつたなお寒いなかをご苦労さまお疲れさま皆さま手当なしで組合なしで友情も欲情もなしにいじいじと仲よくうたぐり合いむつまじくいやらしくいじらしく嫌がつて一緒に別々に寒い部屋で固い椅子でおおいじいじと安い給料で低い鼻で低い栄養価で寒い下宿で冷たい蒲団で冷たい飯を社長にどなられ営業にどなられけしかけしかけられてケツかじられておいまくられおいかけられてこずかれてこきつかいこきつかわれて小使いにされ小遣に困つて印刷屋よ紙屋よ製本屋よ取次よ著者よ読者よ書評子よ表紙よ這いまわり駆けまわ

り目がまわり外まわり内まわり社長よ営業よ経理よ青い
顔で赤い目こすつて黄色い皮膚で安酒飲んで糞と愚痴を
たれて社長の悪口会社の悪口同僚の陰口告げ口逃げ口お
寒い会社よお寒い奴らよおまえらよおれよおまえよほん
とうに楽しかつたかみじめだつたか貧乏ゆすりして社長
の機嫌うかがつて使い走りよ原稿取りよ校正マンよレイ
アウトマンよ組合つくつて出世しろ鼻水すすつて金をた
めろ婚期を逸していじけろ酔つぱらつて風邪ひいて寝込
め猫め独身主義者め出世主義者め女嫌いめ不能者めおま
えらには会わない会わない手紙は出さない電話はしない
付合わないかかずらわらない手紙も電話もよこすなまし
て尋ねてくるな蹴とばして塩かけて抱き起こしてやるひ
との女房に色目をつかうな友だちだと思うな仲間だと思
うな出世しろ出世するなワイシャツのまえに世間体を繕
え金と女をつくれおれの悪口を吐きつづけて中毒して寝
込んで出世に遅れろ人後に落ちて敗残者となれそして誠
意と政府に知らぬ顔してうんとみじめになつて世をはか
なんでいじいじと生きていけ

とどまつている男のモノローグ

とにかく行くのだ。きみが行けば世界も行く。
——ヘンリー・ミラー

一歩ふみだせばいま
そのまま出発できるのではないか
歩きだしたら！歩きだしたら！
そのままどこまでも歩いていくのではないか
だれにもそして自分にも気づかないように
歩きだしたら
だれにもそして自分にも気づかないように
体重を感じないでどこまでも歩いていくのではないか
いま一歩歩きだしたら
それでもうおれは歩きだしているのではないか
いまなにを感じているかなにを欲しているか
一歩ふみだせば
そしてそのまま歩いていけば
感じていたものはなんであつたか欲していたものはなん
であつたか

歩いていけば一歩ごとにはつきりしてくるような気がしないか
生活のなかでおれはいつたいどういう気分なのか
そうしたいと思つているのか思つていないのか
結局こうしているのなら
愚痴と理屈と自己嫌悪を下痢のようにたれ流しているのなら
欲情と夢と勇気を感じない洒落れた魂の持主として日々を甘受するというのなら
はじめからなにも言つたり書いたりすることはない憂鬱な顔でひとに嫌われていることもない
おろかしいおならをしたものだおろかしいお菓子を食つたものだおろかしいオランダ人のようにおろおろしたものだ
と鼻毛のあいだで笑うことだ
醜い女や職場や酒場やバーバーやテントや敵や橋や浜や箱や針のまわりを虚弱な犬のようにうろつくことだ
黙つてにこにこと生活の知恵と誇りと塵を既製服のように身につけて歩くことだ

学生時代の友情を復活させることだ人並みにふるまうことだ会社での地位と団地を確保することだ
昔話をしないことだ結婚することだ思い出さないことだ
青白い顔色をよくすることだひとに特に女に好かれることだ
一人の友人から離れることだ元気が出ることだ日曜ごとに釣りに出かけるか油絵の技法をマスターしてカンバスをかついで房総の海岸を歩くことだいまの生活をあいまいさに徹底させることだおれなら自然とできることだいいも悪いもないことだ
いま一歩ふみ出して
そのまま歩いていけばいい
いつもと同じ調子で歩いていけばいい
歩き出せば
そのまま歩いていけばいい

(『下り列車窓越しの挨拶』一九六六年私家版)

詩集〈旅の思想、あるいはわが奥の細道〉全篇

旅へ!

ひとっ所にとどまっているにつれて、人も物もだらけ、腐り、僕等に対してことさら臭いはじめるものだ。

ルイ=フェルディナン・セリーヌ

霧のダブリンを歩きまわるセバスチャン・デンジャーフィールドよ
アフリカの奥地でスコールを浴びているバルダミュよ
世界はいつも雨だ
アメリカもアフリカもアラスカもモスクワも雨だ
やさしい黒い冷たい雨だ
雨にぬれてあなたの下着はひえる
雨のなかであなたの下腹は青ざめる
あなたの細い踝から膝までの硬い線
ああ、あなたの下着はどんなだろう!
愛やスカートや猿の砂漠をいくつ越えても雨だ

そこはやはり臭い立つ世界だ
おれの旅は旗とハンカチの旅行ではなく逃亡の影だ
おれのテーマは逃亡である
リチャード・キンブルのドラマもなくバルダミュの愛もない逃亡だ
逃亡には強い心臓と胃腸が必要だ
そしてリチャード・キンブルの性的魅力!
だがおれの心臓は三流サスペンス映画「黄金の七人」に耐えがたくなっている
逃亡の塔ははるか夢のようにかすんでいる
だがおれのテーマは逃亡だ
おれはこの臭い立つ世界から逃げ出さねばならない
逃亡は所詮迷妄だというやさしい声
逃亡者よ、おまえはおまえの悪臭から逃れられないだろう
広島の空の下でサイゴンの河のほとりでおまえは泡のように臭い立つだろう
逃亡者よ、米飯の糞を抱きしめて涙せよ
おまえの涙の虹は横浜港で輝く

だからおれたちは丘に坐っておまえの涙について生々と
　議論しよう
おれたちは新しい遊牧民族となろう
会うのは年に二、三回あるいは二、三年に一度にしよう
そして齢をとったら終日春の陽の公園のベンチで饒舌に
　ふけっていよう
氷川丸はエリオットと鮎川信夫の美しい詩篇を思い出さ
　せる
いまは散歩と食事に適した季節だ
山下公園
外人墓地
中華街
野毛山
おれたちにはすることがない（なんにも）
おれたちは淀み腐敗し臭い立つばかりだ
だからいつも旅していよう
美しい詩篇を書いていよう
退屈だあ！
退屈だあ！

世界は退屈だあ！
世界は糞だあ！
世界はでっかい糞壺だあ！
臭い立ち臭い立つ世界だ
世界はいつも臭い立っているんだ（むろんおまえもだ）
トイレットはいつも糞がつまってあふれている
便器の上の夢と生涯よ
トイレットペーパーの詩篇よ
おれたち、淡い夢のように糞をたれ齢をとっていくか！
この世にあるかぎり糞はついてまわるさ
ジャン・ルノオ・サルティは「糞！」と叫んで目覚める
火野葦平は輝しい『糞尿譚』を書いて死んだ
セリーヌとヘンリー・ミラーとドンレヴィは輝く（糞尿
　的だからだ）
ある男は精神病棟の壁に糞をぬりたくった
そのうえ部屋中に糞を垂れ流して歩いた
かわいい恋人よ、その顔であなたは毎日何回屁をひる
　か？
かわいい恋人よ、あなたは毎日何回糞を垂れるか？

おれは三回か四回だろう
糞の出ることは結構な話だ
ひと月も糞の出ない男の話がある
糞は世界の毒だ
男は世界の毒を一身に集めてうなっているのさ
男は糞壺のように臭い立ちうなっているのさ
これは受難であろうか?
おまえは糞壺のような親父を看病できるだろうか?
医者はもう長くないといっている
そのまえにおまえは尻をまくっての逃亡か?
死体遺棄者め!
おまえはすぐに逮捕されるだろうよ
なぜならおまえもその男のように臭い立っているからだ
逃亡者よ
おまえは糞だ
おまえらは糞だ
政府は糞だ
国家は糞だ
おまえらは糞より生まれ糞に死ぬ

生涯、糞をかかえて糞をこねて歩きまわる
旅だあ!
旅へ出よう
ウォルト・ホイットマン『草の葉』をかかえて大道を行こう
大道の歌をうたおう
津軽海峡を越えてインド洋を渡ってドーバー海峡を越えて旅を行こう
やがてはインドの貧民窟か中央アジアの草原にて糞を垂れて野垂れ死ぬだろう

きょう、世界は雨

わたしはカーテンを引いた
ホテルの窓越しに雨が降っている
世界はいま長い雨季だ
人々はダルな夢と魔術にふけっている、そして
毎日、無数の人々が発狂している

と新聞は報じている
雨にうたれすぎるのだ
と精神分析医はいっている
世界はいま長い雨季だ
わたしは古代中国の処刑を思い出した
柱にしばった人間の脳天に定期的に水滴をたらすとかな
　らず発狂したという処刑だ
アメリカ製ギャング映画でおなじみの奴だ
中央アジアの砂漠では雨が降らないために人々は発狂す
　るという話だ
雨は決してやまないだろう
窓のそとで植物は腐敗をはじめている
人間はいつか一本の植物となり腐敗し流れ去るだろう、
　だが
これはわたしのことではない
これはたぶんあなたの話だ
あるいは自分の影におびえているあなたの話だ
雨の音は聞えない
ホテルの部屋ではエア・コンディショナーの音だけがさ
　かんだ
わたしは裸で床に降り立つ
わたしは昨夜裸のギンズバーグを見た
わたしの裸体は神聖であろうか？
わたしは洗面所へはいっていく
正面の鏡に青白い影がうつっている
のでわたしは遅い朝の挨拶をした
わたしは便器にまたがるあるいは腰をおろす
尻からゆっくりのぼってくる世界の悪意よ
ああ、世界は雨季だ
世界は長い長い雨季だ
わたしのプレ・ブラ・ガールがぬれて滴をたらしている
わたしのジューン・ブライドがぬれて滴をたらしている
わたしのショット・ガン・ブライドがぬれて滴をたらし
　ている
世界は糞から生まれたのではなかろうか？
十二年間、便所ですごしてきた男がいる
便所を修理するのが彼の仕事だ
あなたよ、夢の管をどこまでもくだっていこう

夢の管はきまって陰毛でつまっているだろうさ、だから
なつかしい便所で愛とアイスクリームをなめていようぜ
あの男はきょうも臭い立ち街を歩いているだろう、きっ
　と
あの男はおれの兄弟だ
わたしはいま糞をたれている、そして
わたしは糞をたれつづけるだろう
あなたよ、わたしは尻をぬぐって街へ出ていくべきだろ
　うか？
街へ出ていくことはいつもわいせつな願望である
わたしは雨の道玄坂をおりていく
わたしはカフェへはいってコーヒーを飲む
わたしはコーヒーに砂糖を入れる
砂糖は世界のように崩れとけ沈んでいった
わたしはクラブフィッシュ＆シー・フーズ・ピラーフを
　食べる
世界はウィンドウの向こうでぬれている
世界はいま雨季だ
世界は卵から生まれた

としてももはや卵へ帰ることはないだろうよ
男とはある日目覚めるとそそくさと身づくろいし旅へ出
　る者だ
旅のなかでおのれと出合いおのれの死を死ぬ存在だ
さまざまな旅がありさまざまな旅人がいる
今は昔、旅人は夕べ夕べ[注]といって旅した
旅とはすべてから離れることだ
旅とはなにものでもない存在、すべてである存在へ向か
　うことだ
世界はいま長い雨季だ
あなたもわたしももはや生きることも死ぬこともできな
　い、だから
わたしは旅へ出ようとしている
世界は永遠に雨季だ
雨は決してやまないだろうよ
わたしは旅へ出る
があなたはどうしようというのだ、いったい？

注　食べ物を与えたまえ、の意。

その日、渋谷は雨

雨のウィークデー
肩を組んだり組まなかったりして女と道玄坂を降りていく
首都はいつも雨がふっていて歩くとぬれる
おれはぬれたりすべったり疲れたりする
歩くからぬれなければならない
しなければならないことはないのでおれはたくさんのことをしなければならない
だから断片的にねむり一日中ふらふらしている
おれはすることがないのでたくさんのことをする
おれはしゃべることがないので年柄年中しゃべっている
おれは書くことがないのでいつもなにか書いている
渋谷スカラ座では「ナック」と「生きる情熱」をやっている
女が映画を見ようというのだからそれでもいいだろう、だが
コーヒーと朝食が先決ではなかろうか

東京は人が多いので頭にくる
文明はやたら交通信号をつけたがるのでくだらない
道路ばかりでなく道徳にもさらにはチューリップにもつけたがる
つけは飲屋と本屋だけでたくさんででまかせにつけていいというものではない
とにかくコーヒーと朝食が先決ではなかろうか
雨はやむわけがないがやむことを期待してしまう
期待は人間を不幸にするとしてもおれはすぐ期待してしまう
おれの美徳であり悪徳だ
さっきから精液の匂いに悩まされている
おれの精液かとも思うがレストランでも喫茶店でもバスのなかでも匂っている
この匂いは栗の花の匂いに似ている
いまは明らかに栗の季節ではない
おれは頭痛がして頭が痛い
新潟県苗場国際スキー場で痛めた膝はもう痛くない
二日酔いだと女はいうがあの匂いのせいだ

決っている、あの匂いのせいだ
とにかくコーヒーと朝食が先決だ
アナーキズムは古い、ネオ・アナーキズムというべきも
　のが起こるべきだ
国会議事堂を爆破するようなアナーキズムは有害だ
コーヒースタンドで五〇円のホットドッグをほおばりな
　がらおれは演説する
権力は地に落ちて消滅するのが歴史の必然性だ
もっとも現実的で有効なのは市民運動の一種だろう
といつか同僚に語った
さてきょうなにをするかがいまのおれたちの唯一の問題
　だ
おれたちはなんでもできるしなんにもできない
おれたちの行為は二人の所持金の範囲にとどまっている
そのうえ女は金を持っていた試しがない
判断の基準などない
だから映画でなくてもよかったことはもちろんだ
朝からクリスチアーヌ・ロッシュフォール『戦士の休
　息』を読むことと美しい詩篇を書くことを考えている

だがすべてを押しのけてするほどでもない
まるでおれたちはいま流行のかわいそうな若者たちだ
まぶしい季節は胸おどらせて近づいている
いまおれは旅に出ようとしている
どこでもいいのだがどこかに決めなければならないので
　広島と決めた
広島と決めたので広島がいやになった
たぶんおれは岡山へ行くだろう
たぶんおれは夢みている幸せな若者の一人だ
おれはそんなおれがたまらなく好きだ
おれのナルシシズムは自他ともに認めよう
いまの時代はロマンティストこそすばらしい
きみたちに欠けているのは熱い願望だ
晴れた日の井之頭公園で精神薄弱のオサムちゃんは暗く
　なるまで貼絵をしている
オサムちゃんは色と形を求めてちぎった色紙をはったり
　はがしたりしている
それは美への熱い願望である
きみたちに欠けているのは熱い願望だ

おれに欠けているのは熱い願望だ
おれにありあまっているのは肉体的恐怖と怠惰と劣等感だ
きみたちに欠けているのは熱い願望である
おれが夢みているのはある種の肉体的充足感である
それには海岸と陽の光と風のやさしさが必要だ
おおそのためにこそ旅へ出よう
たびたびのあきらめと契約不履行を脱ぎすてて肉体の恐怖を抱きしめて旅へ出よう
非行少女ヨーコのようでなくヨルグ・ブランクのようでなくユミともちがうやりかたで旅へ出よう
旅立ちに先立つものは金ではなく願望だ
そして一人で行くことが必要だ
それはわかりきったことだ
だから一緒に行こうという女には不機嫌な顔しかできない
ペール・ギュントはいやらしいがジム・ボーイとジャン・ルノオは魅惑的だ
おれは愛なんて知らない
知らないのだあるいはある種の愛しか知らないのだ
街を歩く奴らが嫌いなのだ
奴らのせいで歩きづらいし目が疲れる
奴らのせいで公衆便所のトイレット・ペーパーはすぐなくなるし排水管はすぐつまる
奴らのせいでいつも喫茶店は混み恋文横丁はごみごみしている
奴らのせいでおれのキャノンボールはなかなかかからない
とにかく渋谷スカラ座へ避難しよう
「ナック」の大きな大時代的な寝台はすばらしくて悲しい
そういえばジャン・ルノオの寝台はいうまでもなく大きい
「ナック」の悲しさはルイ・マル「地下鉄のザジ」の楽しさを思い起こさせる
「生きる情熱」は独身主義をつらぬけといっている
雨は天気予報どおりにやんでいるが首都はいつも雨がふっている

イル・プリュー・ダン・ラ・ヴィール
帰るべき家があるという幸せ
家に帰ってクリスチアーヌ・ロッシュフォール『戦士の
　休息』を読むおれの幸せ

飛島のわたし

飛島のわたし
は波の音にめざめる
わたしは波打際に降りていって朝の体を洗う
そして食事のために中学校長の官舎へ出かけていく
午睡一覚茶三椀の生活よ
晴耕雨読の生活よ
わたしの野菜的なあこがれよ
夕方、わたしは海から難破船のホテルへ戻っていく
わたしを照し出している一本のろうそくよ
わたしの裸体の下の古い板よ
わたしは無価値だ
この島にとってわたしは無価値だ
わたしの前の暗い海にとってわたしは無価値だ
潮風によって暗い沖へ運ばれるわたしの野心と苦悩
は無価値だ
スーパーマーケットの輝く商品の山
はわたしに怠惰な催眠術をかけた
それ以来わたしは低購買力の消費者だ
いまわたしという存在はこの夜気によって白い波打際の
　ように洗われる
そしてわたしは商品の呪術から解放される
律動的な波の音よ
暗い海の向こうの黒い四国よ
わたしの背後の暗い島々の遅い光よ
わたしの言葉は無力だ
わたしは新生児のように無力だ
無知だ
わたしは岩に打ち寄せる波のように無知だ
わたしは一匹の蚊が旋回している一個の肉体
わたしは難破船の甲板に身を横たえている一個の存在

そしてあらゆる運命を受け入れようとしている一個の人
格だ
イリュミネーションの都会よ
都会は色情狂者だ
サディストだ
ニンフォマニアだ
殺人愛好者だ
虚妄の赤い花の咲き乱れる赤い砂漠だ
わたしの都会の生活よ
わたしの情事と実業よ
いまこの暗い島と海だけがわたしにとって確かなものに
思える
そしてわたしはもう世界を説明しようとはしない

注　飛島はヒシマと呼べ。瀬戸内海に浮ぶ、周囲4kmの小島。岡山県笠岡市に属し、芹沢達子は、飛島について「飛島で生活するなら男であるべし、飛島での他国者ならセンセイであるべし」(「銀河会報」8)といっている。

続・飛島のわたし

世界の本質をにぎるのだ！
きょう、わたしの中心は一つの熱い衝動に突き上げられ
る
そして難破船の冷やかな板の上から燃え上がる砂浜へ臆
病な兎のように駆り出されるのだ
おお、明るい世界！
そのハレーションによろめく盲目のわたしよ
明るい世界の中心に失神しているわたしという存在の形
態！
(わたしの肉体は光に包まれている
そして光にあぶられている)
そして夢幻的に続いているこの燃えあがる金色の砂の大
地よ
世界中の有機物が美しい腐敗に泡立っているこのいまの
瞬間
悪夢のような大陸
から腐敗の風が飛島に吹き寄せてくる

（そして風はわたしの肉体を甘く優しく愛撫している）
咳をしても一人
と独白した孤独な仏教徒
が孤寒独栖していた小豆島が見える！
いま、有名な島は怠惰な観光客であふれているであろう
この世界の合理的な説明
に費消したわたしの二七年の生涯！
おお、わたしは一人の痩せた悲惨な消費者だ
難破船のエンジン室の暗い空間よ
わたしの肉体に赤い斑点を印した蚊よ
星空の下の優しい甲板の上のわたしの荒唐無稽な夢よ
そして飛島の孤独のわたしよ
世界の合理的な説明を求めて無益に飛島をめぐっている
　わたしの精神と肉体よ
わたしの長い暑い夏よ
わたしは結局あなたの熱い胎内で失神している痩せた盲
　目の猿だ

そのとき、おれは……

そのとき、おれは国鉄静岡駅近くの国道で下り長距離トラックをとめようとしてやっきになっていた。執拗な雨にうたれて髪から滴をたらし、靴のなかがぐしょぐしょだった。トラックはいつまでもとまらなかった。ベア・マウンテンの濡れ鼠、サル・パラダイスを思った。おれはこんなところでいったいなにをしているんだ？　みんないまごろ屋根の下でジャズ・レコードをききながら温かいコーヒーをすすっているというのに。陰険な目付きの運転手のトラックをいまいましさで見送りながらおれはつぶやいた。「これがおれに対する世界の好意と悪意だ、おれはすべてを受け入れなければならない」ヒッチハイクを一時放棄しておれは思った。「結局おれにヒッチハイクを断念させたのは寒気や疲労や煩雑さではないだろう。ポケットの汽車賃だ。それにヒッチハイカーとしておれはみすぼらしすぎる」おれはホイットマンのafoot and light-hearted I take to the open road とともに出かけてきたのではなかったか？　そのとき、ホイッ

トマンは偉大さに近づいていた、あの小心できざできまじめのホイットマンが。というよりホイットマンの詩のまえで解説屋のポートレートは色あせたのだった。ホイットマンは偉大だ。おれはだめだあ！　おれの詩はだめだあ！　おれは初めての詩集の校正を終えて出かけてきたのだった。それらの詩篇はおれを退屈させうんざりさせみじめにした。なんの意味も有効性も持っていないようだった。おれは無念さと恥辱でのたうち身悶えした。詩とは、おれにとってなんだったのだ？

一月一日、北上で書いた六四行

バスはいってしまった
わたしは夜の底にただひとり残される
暗い十字路に立っているわたしと小さなナップザック
一九六七年一月一日、わたしはことしも家にいない
病弱の母と初老の父はひどく悲しがるだろう
四年まえ、左の腎臓を剔出した母
四日まえの計量では38 kgだった
手術室の白い壁と赤紫色の輸血管の記憶
かつて八人だったわたしの家族
わたしたちは大阪、門司、東京、横浜、新潟と移転した
そしていまは東京だ
六五年、兄結婚、横浜へ転出
その暮れに祖父が死んだ
六六年、妹結婚そして転出
あとに六九の祖母と無邪気な弟と怠惰なわたしが残った
遠い東京よ、遠い夜明けよ
無のように降ってくる闇よ寒気よ
たちまち歩きつくしてしまう地方都市よ
わたしはどうしたらいいだろうか？
三日、われわれは岡山市内のジャズ・カフェで会うことになっている
去年の暑い夏、われわれはそこでコルトレーンをきいた
一二月二七日、Mとその恋人は岡山へ向かった
二八日、SとSMとわたしの従弟は門司行き下り急行列車に乗った

SMは前日銀座のレストランから追放されたのだ
可憐なAも乗っていた
Aは四国の祖母のところへ行くのだ
その祖母は辺鄙な海辺の村でひとり家と土地を守ってい
た
大阪からSKとEJが参加することになっている
瀬戸内海の小島からSTも駆けつけるはずだ
一二月、わたしは家でヘンリー・ミラーを読んですごし
た
除夜、わたしは渋谷から盛岡行き帰郷バスに乗った
スキーに行くのだ
バスの窓まで送ってきたEに宣言した
新婚の帰省客であふれているバスめ！
途中、わたしは二度吐いた
わたしはいま北上にいる
そして諏訪神社の篝火に清楚な尻をあたためている
わたしの背後の火と前面の深い闇よ
年賀をかわす人々よ
土地の言葉はわたしの周囲に外国語のように降る

その真空地帯にわたしは立っている
このわたしとはいったいなんだろうか？
わたしは二七歳
わたしには職も女も故郷の言葉もない
数人の友人と一冊の詩集
微小の自負心と虚弱な肉体
そして闇の底に横たわるわたしの生涯
ことし初めての雪よ
背中のナップザックよ
そのなかのセーターと三冊の詩集よ
ここはOの故郷だ
Oとは東京で始終会って飲んだ
わたしはいつも彼に大いなる演説をした
人類の歴史は移動の歴史だ
移動は点と点を結ぶ線ではない
塩の道だ
それはたぶん遊牧民族に酷似しているだろう
そして移動は鉄のような人間をつくるだろう
彼は始終寡黙だ、そして

故郷の彼はいまにこやかにねむっているだろう
その少年的な顔とまるい鼻よ
わたしはいま北上にいるのだ
わたしは悪意的な悪寒から身を起こして彼の家を探し求
　めた
そしてその町内はみなO姓を名乗っていることを見つけ
　た

われら四匹の虎は都会へ向えり！

夕暮れの草原に風が立った
のでわたしは草原に立っている一人のわたしを発見した
わたしの長い暑い夏よ
夏の間、わたしは修業僧のように瞑想の樹の下に坐って
　いたのではない　わたしは
気まぐれの一艘の船
瀬戸内海の島と港をめぐっていたのだ
そしてわたしは生駒山麓の草原に漂着した

わたしの長い暑い夏よ
わたしは今夜三人の男に出会った　われらの出会いは
いつも自然だ
そして樹の枝から葉が落ちるようなわれらの別れ！
われらは
四匹の陽気な酔っ払い！
旅の地図と夢の生涯を語った
あなたよ、四匹の虎の間を飛びまわる敏捷なリスのよう
　な金色のウィスキー壜を想え！
そしてふたたび深い星空の下の哄笑と大言壮語の爆発を
　想え！
わたしの長い暑い夏よ
わたしは長期の禁酒者だった　だからわたしの酒神は
今夜、わたしの小さな頭をしたたかに殴打した
星よ降れ
今夜はわれらの共同体《コンミューン》の酒神祭？
わたしは叫んだ、四匹の魂の独立記念祭だ！
わたしの長い暑い夏よ
そしてこの夏最初のわたしの深い深い酩酊よ

人間とは歩きまわる媒体《メディア》だ
歩きまわる媒体《メディア》！
あなたよ、この国に神話と書物と病原菌を持ってきたの
　は異国の旅人だった　だからわたしもまた
わたしという文化の媒体《メディア》だ
（ホリー・ゴライトリー、トラベリング！）
わたしの長い暑い夏よ
さわがしいわれらの夜はふけた
のでわれら四匹の陽気な酔っ払いは都会へ向かった

わたしは松島でジョーン・バエズを聞いた

突然、ジョーン・バエズが歌い出した　恋人よ、あのハ
　イウェイが呼んでいる……
そしてベアトリーチェとわたしは寒い巨きな部屋の中央
　でつめたいコーヒーカップを前に坐っているのであっ
　た
寒い部屋だ

わたしたちの世界は
なんという寒い部屋だ　だからベアトリーチェとわたし
　は
二〇世紀の午後の吹きさらし
の岸辺に坐っている二匹の震えている鼠だ
仙台の灰色の空の下で会った三人の放浪者よ
ただ流れていくだけさ
と去っていった三人の放浪者はいま何色の空の下に？
ふたたびジョーン・バエズが歌った　恋人よ、あのハイ
　ウェイが呼んでいる　あのなつかしいハイウェイが

……

だが身動きできない二匹の震えている鼠！
そして暗い海に陰鬱な顔を向けているわたしの青春！
暗い空の下の水の流れない運河のような松島湾よ
松島は芭蕉の旅の目的地であった　そしてまた
わたしの生涯の転換点
わたしは愛するわたしのための孤独な抒情詩人だ　だか
　らわたしは
つねにわたしをリリカルにうたった

わたしという固定観念！
わたしという恐怖観念！
（かつて石頭の批評家はいった、彼は境地の詩人だ）
そしてわたしはわたしを見失ったのだ
ベアトリーチェよ、わたしの旅は
いつから敗北の旅になったのであろうか　いま
あなたのなかに生まれ震えている一人の青年　それは
あなたが見つけた一人の根なし草の旅行者だ　いまこそ
一人の孤独な抒情詩人は人類の実現されない夢の予兆だ
恋人よ、あのハイウェイが呼んでいる　とジョーン・バ
　エズは歌いつづける
わたしに旅をつづけろと呼びかける

あなたとわたしの旅がたとえ道行の姿をしてい
　ても……

あなたとわたしの旅が
たとえ道行の姿をしていても　わたしたちの旅は
熱い生への旅なのだ
泣くな、わたしの恋人よ
わたしたちの旅は
黄金の驢馬に跨って
さあ、敵の首府へ向かうのだ
あなたよ、湾内遊覧船の上で
あなたに瑞巌寺への道をたずねた初老の男たちを
記憶せよ
（芭蕉と曾良！）
芭蕉は
確かに景勝マニアだった　そして歌枕と
名所旧蹟を偏愛した四六歳の象徴詩人だった　さらにそ
　の旅は
社会の網の目から逃がれることであったのだろう
しかしわたしの旅は
網の目にあらがい　網の目を
断ち切ることであった
あなたよ、わたしの旅は
風雅の道への近道《ショート・カット》？

さらにわたしは花鳥風月の観照詩人？
あの芭蕉に
厖大な量の短い詩篇を書かせたものが
アレン・ギンズバーグに
I saw the best minds of my generation destroyed by madness, starving hysterical naked で始まる
巨大でオーガニックな長篇詩「吠える」を書かせ　さらに
わたしに苦い詩篇を書かせるのだ
あなたよ　わたしの唯一のひと、ベアトリーチェよ
あなたの匂いのいい長い髪よ　ブルーのブラウスの下のほのかなふくらみよ　そしてその小さな落葉色の靴よ
しかしあなたの表情は
われわれの時代のように暗い！
（あなたはわたしの青春だというのに！）
わたしはいま無数のドン・キホーテたちを思い出す　尾崎放哉、種田山頭火、ウォルト・ホイットマン、カール・ソロモン……
（偉大な愚者たち！）

そしてその死と勝利！
わたしの糞尿詩篇および黄金詩篇、わたしの優しい肉体と荒々しい精神、わたしの不確かな思想、わたしの性的な技術と能力、そしてわたしの熱い青春、その不安と恐怖
それらすべてを
わたしはあなたに捧げ　わたしたちの
陰険な敵を倒し
わたしたちの生と勝利を
実現しようというドン・キホーテだ
わたしのドルシネア姫、ベアトリーチェよ　わたしに明らかな笑顔を見せよ
おお、わたしは
あなたの
陽気で快活なドン・キホーテなのだから……

そのとき、わたしはベアトリーチェの長い髪が
　五月の風の内側で輝きながら駆けるのを見た

旅は昔日
新しい海、新しい大陸
そして新しい生活の発見であった　だが旅は
ついに暗い中世期の方向へ去っていった
その後に残ったのは
あなたとわたしの観光旅行だ
（美しい広告のなかの快適な観光旅行！）
そしてきょうわたしは
一人の憂鬱な観光旅行者だ
われわれの時代の閉ざされた窓
の内部の部屋で暗い表情をしているわたしの世代よ
われわれの日常の
不透明な幕の向こう側にある世界はなにか？　また
わたしという一個の憂鬱な存在を
さらに困難な旅に旅立たせるものはなにか？　那須野は
　われわれの日常と
その向こう側の世界とのあいだに横たわっている緩衝地
　帯だ
一望千里の草の海だ
わたしの世界の中心に広がる草原地帯だ
そしてわたしは二〇世紀の午後の風に吹かれて立ってい
　る暗い顔の人間だ
また光る草原の中央に簡素な茣蓙を敷く人格だ　なぜな
　らわたしはただひたすらに
孤独にそして孤独に風わたる草原で茶をたてる日を熱望
　してきた夢想家だからだ
だからわたしは
高田馬場にある通信販売会社の湿った茶室で発情期の師
　匠に茶道を学んでいたのだ
（ときに師匠のスカートの裾をひっぱったが！）
五月のあふれる光
のなかの草原の輝きよ
わたしのベアトリーチェよ、この深い空の下でわたしに
　一椀の茶を！
そのとき、わたしはベアトリーチェの長い髪が五月の風

　の内側で輝きながら駆けるのを見た
（わたしの暗い青春のなかの唯一の実在のように！）
遠く南の方角に荒廃しつづけるわれわれの首府よ
二〇世紀の砂塵のなかの砂漠よ
そして美しい薔薇に覆われた東京競馬場のコースの芝《グリーン》よ
きょうは
東京優駿牝馬《オークス》だ
かつて一三世ダービー卿はオークスの森の女王のために
　無数の牝馬を走らせた
（それは彼の結婚の輝しいセレモニーだった）
そして一九六九年五月一八日のわたしはベアトリーチェ
　とわたしのためにわれわれの首府に向けて無数の狂暴
　な鼠を那須野の草原に放ったのだ

きょう、われらの最初の希望の朝はあけて
きょう、われらの最初の希望の朝はあけて
わたしの旅は突然に死滅し
女はわたしにすり寄り
すがりつき
わたしに深い deep kiss をねだる
わたしは幻影の旅から蹌踉として帰還した一旅行者！
燃える季節が
おお、ギャロップでギャロップで
（ギャロップでギャロップで）
去っていく
去っていく去っていく……
しかし
死滅するのは
季節の方ではなくて
いつもわたしたちの方だ
（なぜならわたしたちとは季節とともに滅びる存在なの
　だから……）
実に痛ましい経験だ
一つの季節が死に行く姿を目撃することは……
しかもそれが
旅の季節であれば

なおさらのことだ
いま、青春という容器から無限に駆けていく逃げ水!
(すでに流れ出した水を追いかけるということは……)
誇大に身ぶるいしつつ
快楽のベッドから身を起こせば
テレビジョン・セット
冷蔵庫
洗濯機
レコード・プレーヤー
(夢のように美しく……)
新しいシーツの
ベッドの上の新しい
裸身の花嫁!
(わたしたちのベッドとはなんてグロテスクな死体だろ
う!)
まぶしい
最初の朝の光
わたしたちの不確かな東京湾の眺望
(だが希望は見えぬ!)

ふたたび身ぶるいしつつ
立ちあがる一匹の飢えた蒼き獣よ
優しい獣を見あげているわれわれの時代の一つの暗い表
情よ
この朝が……
たとえめくるめく初夜につづく最初の希望の朝だとして
も
目覚めることは
なんと残酷な瞬間だ
二〇世紀という
時代の暗い部屋で
われらは肥満しつつ飽食しつつしかも無限に飢餓を深め
つつ!
花嫁はキュートに花婿はワイルドに!
つまりわれらは加齢しつつかぎりなくチャーミングに
……
始めに
なにがあった?
そして死滅したのはどんな相貌の獣だ?

世界はいよいよわたしに敵対し
九月の花嫁は快楽の翼に乗ってひとときの飛翔！
そしてわたしはいま夢を喰らってさらに肥満する巨大な
　夢想家だ

わたしはモーテルのベッドに横たわって

雨がやんだら……
とラジオのなかで豊満なシンガーが歌って
わたしはといえば
やわらかな腹部に耳をあて
世界の物音を聴いている1個の意識
地球はいま
長いロングな雨季なのだ
雨がやんだら……
とシンガーは歌いつづけて
壁の上の
猥褻な性画

無数の恋人や愛人の名前
（玲子の命！）
キューピッドの矢に射られたハート！
雨がやんだら……
とシンガーはさらに歌いつづけて
わたしは朝丘雪路が嫌いなのだ
（婚約し結婚する浅丘ルリ子はもっと嫌いだ！）
わたしの口唇から
モーテルの天井へ向かって昇っていく紫色の煙の輪
1個2個3個
（アーサー・シートンはいまも世界に激しく憤っている
　だろうか？）
交合のあとにきまってやってくる
わたしの世界認識！
だからわたしの世界観は
つねに性交直後的なのであろう
素足でリノリュームの床の上を歩いている女よ
女とはなんといとわしい生き物だ
（ただひたすらに理念化せよ！）

ベッドに横たわって
わたしの目付きはさらに暗く
雨がやんだら……
とふとくちずさむわたし
雨がやんだら……
死にぞこないの地方都市よさらばだ

センチメンタル・ジャーニー

わたしの頭上で巨大な換気扇《ファン》が回って
砂漠のような
首都よ
プアでロンリーで
デスペレートな女たち男たち
さらば！
東京駅12番ホームから
オール・イズ・アウト
オール・イズ・アウトと独語しつつ

東海道下り列車に乗車したわたしの精神と肉体は
寝台車の最上段のベッドに揺られて
たぶん大阪へ向かっているのだろう
窓外を
長い
ほとんど永遠のように長い無蓋貨車が滑っていき
どこまでも深い闇だ
巨大な換気扇《ファン》が回って
二〇世紀の転石はどこへ向かって？
神戸のコルトレーンよ
三宮のジャズ・ハウス「バンビ」よ
その苦いビアーよ
神戸で死にたい！
人間どこで死んでも
どう死んでも
おんなじだろう
だから神戸で死にたい！
換気扇《ファン》が回って
五〇〇〇円は瀧口修造『瀧口修造の詩的実験』

あとの一万五〇〇〇円は神戸の友人Yの
好意
だから神戸で死にたい
わたしの頭上でやはり巨大な換気扇《ファン》は回って

日光

日光を見たのだから
わたしたち
結構というべきか？
芭蕉のような老人に
ギンズバーグのような外国人観光客
おお
日光を見ずして……
見ずして？
もし見ないのなら
それこそ結構というべきだ？
いま
すべての眼球は焼き尽くされてしまえ！
そしてかぎりなく盲《めしい》てあれ
生涯、蟄居して暮らしたエミリー・ディキンスンだから
　こそ
海を見たのだろう
草原に立つ水の塔！
たぶんわたしたちは
非在を見る存在なのだ
鮮かに
虹が懸かる！
なにに？
輝かな二〇世紀にか？
このわたしたちの世界は眼球にとって幻影にしかすぎな
　いのさ
陽明門を見ずして
下山
いろは坂を下って
自家用車の鈴なり
日光街道を

一路
首府へ
首府へ！
日光を見ずして結構というなかれ
といって
わたしたちは
なにを見た？
そしてなにが
いったい
結構なのだ？
一層のこと、こういって寝てしまえ！
六〇年代の秋、わたしたちは南京虫に襲撃されつつ日光
　高原に野営、疲労困憊して帰ってきただけなのだ、と。

六〇年代のフーテナニー

ぼくらのいるところなんてどこにもないのだ。
——ミック・ジャガー

いきなり脇腹をつつかれて
わたしは
激しく痙攣し
六〇年代の深夜に目覚める
美しいロングヘアの男がわたしにテンガロン・ハットを
　突きつけて
カンパニアなのだ
（だれを救済しようというのだ？）
世界は悪い冗談だ
きょうの
午後の
明るいレストランのわたしに向かって突然飛来した一擲
　の石塊は
わたしのテーブルの上の透明なタンブラーを粉砕し
黄金色の液体は

午後の陽光を浴びて美しく光った
（わたしはすでに
イージー・ライダーの悲惨な死を予見していたのだ）
わたしたちは
安全も保障も条約もなく
二〇世紀のダッジ・シティの丸腰の青春！
西部開拓時代の
カウボーイならば
砂上、オレンジの木の下で
テンガロン・ハットを顔に乗せて
ねむっただろう
（空には美しい星座が……）
だが現代の放浪者は
夜行列車の通路、駅舎や公園のベンチ、寺院の軒下など
　でねむり
真夜中のカウボーイは
ニューヨークの冬の空家のコンクリートの上でねむるの
　だ
（悪夢に身をふるわせながら……）

しかしわたしはなんて幸せな旅人！
ここは
たまたま森の中のコテージで
今夜はフーテナニーなのだ
一歩
木のドアーを押して入れば
歌の瀑布だ
すでに無数の人間が群れ集まっていて
（立ったり坐ったり歩いたり寝転んだりして……）
踊っているひとびと
どなっているひとびと
ドラッグやアルコールに酔っ払っているひとびと
議論しているひとびと
静かに音楽に耳を傾け
瞑想にふけっているひとびと
わたしは
隅の絨氈に横たわるやそのまま寝込んでしまったらしい
ヤーヤーヤー！
部屋の中央では

ジョーン・バエズに似た長い髪の少女がフォークソング
　を歌っていて
しきりに猥雑で
それでいて妙に静寂なフーテナニー
この
寒い夏の季節
わたしはプアな詩人なので
よろけつつ部屋の中央へ歩み出て
(たぶん軽度の栄養失調なのだろう)
短い詩篇を読んだのだ……
世界は悪い冗談だ
夢から一〇〇マイル
現実からも一〇〇マイル
住むべき場所はどこにもなくて
ただ転石のように転がっていくわたし
わたしたち
転石!
(ローリング・ストーン!)
転げ転げて一〇〇マイル

風に吹かれてさらにどこへ?

国道4号線の夜は更けて

ここは
2階で
簡易ホテル
1階は終夜営業のレストラン
たえず無数の影が出たり入ったりして
そのたびに大げさな悲鳴をあげるのは自動開閉ドアーだ
さきほどまでは
四角いジュークボックスを爆発させて
ワイルドな
ヘルスエンジェルたち
激しくロックンロールを踊って騒いで……
三々五々
寒いホールの
あちこちでは

押し黙った影たちが飲んだり噛んだり飲み下したり
その１人が
このわたしで
泡立つコカ・コーラのボトルを
（あたかも霊感の神像のように）
熱くにぎりしめ
詩篇を書いていた
その
129行の美しい抒情詩は
（書き終えてみると）
もう１滴の価値も持っていなかった
それで
発作的にホットな詩篇を破棄し
わたしは
（狂暴化して）
暗い階段をのぼっていった
そして
矩形の部屋の
中央のベッドに投身し

（１夜の缶ビールを嚥下して）
寝た
というわけだ
ほとんど
暗い睡眠の穴へ落下する刹那
金沢のコルトレーンはハピーであろうか？
やはり雨の多い季節に
金沢をたずね
片町のジャズハウスでコルトレーンをきいたのだった
トレーンはもういってしまって
わたしの青春もまた……
浅瀬のような
騒がしい夢の中で
（確かに！）
プレスリーの『ハートブレイク・ホテル』をきいた
……フロントの男は喪服を着て
ロンリー・ストリートでずうっとロンリーで
もう二度と立ち直ることなく暮らして……
また

わたしの
夢の牧場には
猿や豚や馬や虎が現われては消え現われては消えて
唐突にわたしは
荒涼としたベッドの上に仰臥しているグロテスクな生物
　を見るのだ
この寒い季節は
きのうは那須で高原の風に吹かれて
（ふるえ）
きょうは日光にのぼって
終日、醜悪な観光客の群れをヘイゲイしていた
猥褻な雨ばかり降って
いまは
長い雨期なのだ
不意に
今夜、北へ向かおうと思って
（長い時間）
ほとんど永遠くらい国道に立っていた
それで

身も心もすっかり濡れて
非望の濡れ鼠
もう旅などしたくないのだ
すでに
わたしは
襤褸のようにボロボロ
夢も見ないで
ひたすらねむりたいのだ

八月、月夜にボートを浮かべて

陸地とは
なんと醜悪な墓地だ
だから頭上につめたい月があって
黒い陸地が遠退いていくのは
なんという快楽だろう
こんな夜に
唐代の詩人たちは

深潭に舟を浮かべて
月を愛で
詩を詠んだのだろう
また現代のホーボーたちが
無蓋貨車の固い床で
苦い生涯を閉じるのもこんな美しい夜だろう
そして月はつめたい
きょう、ホテルのロビーのテレビで見たアポロ11号の月
　面車
子供騙しの
ミニアチュア
月はかならずしも文学的な神秘に包まれている必要はな
　いが
月はつめたい
つめたいのがよい
現代の方舟の上で
わたしの存在は激しく揺れて
わたしの皮膚の下で緊縮し弛緩する筋肉組織
（光るナイフで切り開き

あなたに見せてやりたい！）
自殺者は
足から静かに入水するという
わたしは
乱暴にシャツを脱いで
激しくつめたい海へ飛び込む
八月の海は
さっと左右に割れて
わたしを飲み込む
そのとき
わたしの周囲に花のように咲くのは
夜光虫だ
ゆらぐ光の海だ
浮力に逆らってさらに深く進んでいくわたしを
水は強く抱き
わたしはわたしの肉体を痛感する
暗い暗い世界
突然に激しく耳鳴りして
わたしは深い沈黙に恐怖する

増大する恐怖に比例して沈んでいくわたしの肉体
ほとんど恐怖で発狂する瞬間
わたしの手は海底の砂に希望のようにふれ
ターンし
わたしは力強く海底を蹴る
そうしてふたたび月光の世界に復活するわたし
それでわたし
月光に波を飛散させながら
抜き手を切って
わたしのボートへ向かう

世界がこんなに明るいのは

世界がこんなに明るいのは
アルベール
もうすぐ滅びるからだろうか?
長い
暗い

夢魔の一夜があければ
なんと明るい世界!
熱い八月の砂に寝転んでいるわたしの裸体の彼方に
海はうねって
光る!
1本の水平線の向こうに沈んだり浮かんだりする半島
アルベール
世界はなんて明るいのだ
いま
白いアラビア人街の
埃立つ通りを抜け
海岸へ向かうあなたが見える
明るい地中海の
週末の華やいだ海水浴場よ
終日、ビーチパラソルの下のデッキチェアに坐って
この世界についてあなたが抱《いだ》くのはどんなイメージ?
かすかな潮風に
わたしのいっさいの幻想は去って
わたしの肌を熱く焼く太陽よ

その痛みだけが
わたしの存在をわたしに知らせる
それは
なんて倖せなこと!
アルベール
あなたは唐突にいなくなって
わたしの青春の友人たちは
それぞれ
自我の穴に入り込み
極小の穴を掘っている
いま
世界に蔓延する不毛の
暗黒の
無数の穴!
このとき、一斉に穴から這い出す蟹たち
熱い砂漠を素早く走って
つめたい海へ飛び込む
(まるで死の儀式だ)
そしてついには自ら穴になってしまう者たちは

暗い
穴の底からなにを見るというのだ?
アルベール
結局、世界は
不毛で暗黒な穴にすぎないのだろうか?
そして
世界がこんなに明るいのは

わたしは那須山の山頂でスリー・ドッグ・ナイトを聞いている

死のうと思って
旅へ出た
重い
死の影をひきずりながら
ヒッチハイクで国道4号線を北へ向かった
死の谷を渡って
きょう、黒磯から那須へ登った

そして深夜、山頂でスリー・ドッグ・ナイトを聞いている
わたしの頭上で二月の星はつめたく光って
トランジスタ・ラジオから流れてくるスリー・ドッグ・ナイトよ
だが
ただひとり世界に放り出されたわたしは
だれと寝たらいいのだ?

注1　スリー・ドッグ・ナイト(Three Dog Night)は、ヴォーカル3人、インストゥルメンタル4人の、計7人からなるアメリカのロック・グループ。

注2　オーストラリアのフォークロアによれば、暖い夜には1匹の犬と、肌寒い夜には2匹の犬と、そして酷寒の夜には3匹の犬と寝ると、心地よくねむれるという。

ディラン・トマスやラングストン・ヒューズのように
なんてハードな世界だ
大阪
梅田地下街の
巨大な柱の前に立ちつつ
わたし
ディラン・トマスやラングストン・ヒューズのように
詩を読んで回って生活できたらどんなにすてきだろう!
わたしの唯一の詩集
いま、1部300円で売られているわたしの詩集『下り列車窓越しの挨拶』よ
東京までの旅費がほしい!
それに詩人Kは新宿で詩集を売って生活していると聞いた
暗い屈辱に一層顔を暗くして
わたし
4時間、雑踏の只中に不様なサンドイッチマンのように

立ちつくして
それで
何冊売れたと思うか?
もちろん1冊も売れなくて
わたし
激しく世界を呪いつつ
深夜、市岡の酒屋で毒のように酒を呻って
地獄へ堕ちやがれ!
わたしは引込線の線路際の小屋で貨物列車の通過音を聞きながら暗いねむりをねむったのである

放浪はいつに変らぬ抒情詩の重要なテーマであった

ベア・マウンテンの濡れ鼠——サル・パラダイス——のように
だけど日光高原でアジアモンスーン地帯のスコールに撃たれているのはなぜだ?

ブルージーンズの尻ポケットのペンギン・ブックスもズブズブだ
わたし同様ふやけて反ってしまった
かすかに判読できる"PENGUIN MODERN POETS 5 Corso Ferlinghetti Ginsberg"の背文字
ペンギンのマーク
かつてわたしは蔵書にあふれた図書館然とした書斉にあこがれたことがあった
またアフリカの奥地のジャングルで厖大な量の蔵書に囲まれているブレーズ・サンドラルスに激しく嫉妬したこともあった
そしていまはこの1冊の本
102ページのわたしの図書館よ
ホランド・トンネルならぬ鬱勃たる杉並木をくぐり
きょう、長いスロープをのぼってきた
雨よ、あらゆるブルジョワ思想はいまただちに崩壊してしまえ!
わたしは暗鬱な魚類ではない
ので猛然と飛沫をあげつつ快活に山道を下っていった

ポケット・ブックの第1ページからローローと朗誦しながら

夏の間、ローカル列車に乗って北の半島を経巡っていたわたしの精神は

夏の間
ローカル列車に乗って
北の半島を経巡っていたわたしの精神は
臨海の
青森県浅虫温泉の朝に
ゴーゼンと聳立する！
なんて時代だ
明るい海を見ながら
朝の湯槽に下北半島の形に浮かび
だから決然と労働を拒否し
詩を書く反時代の虫になる
ボードレールよ

偉大なる怠け者よ
偉大なる労働拒否者よ
あなたの詩篇はすべて反労働の眩暈だ
バックストロークで

遊泳しつつ
すでにわたしたちは歯車のごとき存在だ
この細長い温泉街とともに
わたしたちの時代は
ただちに海中に没して消滅してしまえ！
さらに遊泳しつつ
反労働に向かって
わたしの精神はふたたび聳立する

わたしは小岩井農場へやってきた

見果てぬ
旅の夢よ
失われた季節よ

盛岡からローカル線に乗って
季節はずれの小岩井農場へやってきたわたしの精神よ
わたしの前に広がっているのは
幻想の——つまり
宮沢賢治や山本太郎の——
小岩井農場ではない
実在の
小岩井農場！
無人の
木製のベンチの群
閉じられた売店のスタンド
九月の風のなかの
柵、宿舎、家畜舎、作業小屋
緑の樹々の彼方にかすんでいる岩手山
野外バーベキュー場の中央のベンチに坐って
歌枕なんて糞喰え！
わたし一人の
騒々しい狂宴
墓地が見えないのが残念！

生臭い牛乳と
勢いよく音と湯気を立てる野菜と羊肉《ラム》
そのなかでゆがんでいるわたしの顔
乾燥した牛の糞よ
埃を巻き上げる風よ
胡散臭そうにわたしの一挙手一投足を見ているホルシュ
　タイン種の乳牛よ
もう幻影の鳥も飛翔《と》んでいない
ああ、いま、わたしから無限に遠去っていく存在がある
そしてその後姿を見ているわたしがいる
わたしは季節はずれの苦い果実をとって齧った
すでにわたしの旅も終りなのだ！

（『旅の思想、あるいはわが奥の細道』一九七六年風書房刊）

詩集〈さらば、路上の時よ〉から

今夜、わたしは渋谷「千両」の節穴からわたしの世代の幻を見る

1

わが情婦よ、ベアトリーチェよ
わたしには
渋谷があれば充分だ
渋谷・大和田町があれば充分だ
ジャズ・カフェ「オスカー」
トップ、亜美、ロロ、ロータス
山路書店、不二美書院、紀伊国屋書店
東急ビルのトイレット
（その壁の非科学的な女性性器解剖図よ！）
陣馬そば
即席北京料理「屯《たむろ》」、スパゲッティとピザの店「チロル」
レストラン「山路」
遠州屋、三兼酒蔵、大衆酒場「鳴門」
酒舗「千両」があれば
充分だ
ベアトリーチェよ、かつてあなたに鋳型《じゅけい》したように
わたしはここに鋳型したのだ
わたしの青春を！

2

酒舗「千両」は
昼と夜とをつなぐトンネルだ
つねに風が吹いている帯状の空間だ
われわれの時代の暗いトンネル
われわれの歴史の暗いトンネル
わが恋人よ
ベアトリーチェよ、わたしの世代は
孤独な風だ
暗い六〇年代を吹く風
太平洋の漣の上を吹く風

アメリカ西部の草原地帯を吹く風
また中央アジアの砂漠地帯を吹く風
たそがれという時間帯に移動する気まぐれな優しい風
いま、渋谷・大和田町に起こる一陣の風よ
大和田町の
地図の上を流れ
流れ流れて酒舗「千両」の長い細い空間へ流れ込む風よ
酒舗「千両」のカウンターにしばし傷心の翼を休めよ
風は何色？　そして
われわれの時代の黄金の耳よ、世界を渡る風の声に耳傾
　けよ
酒舗「千両」の
カウンターは寄港地だ
二〇世紀の夜の荒涼たる岸辺だ
あらゆる船が漂着する細長い波止場だ
ベアトリーチェよ
わたしの世代もまた
暗い船
客船
貨物船、貨客船
漁船、工船、巡視船
調査船、練習船、難破船、海賊船、捕鯨船
わたしの世代の船影よ
影のような無数の船よ
今夜、あなたの船はどこの岸辺に漂着するのであろうか

3

きょうは
待望の木曜日だ
週刊「少年マガジン」の発売日だ
(週刊「少年サンデー」はすでに酷い不人気だ)
二九日は月刊「ビッグ・コミック」の発売日
(石森章太郎「佐武と市捕物控」が人気)
月刊「現代詩手帖」は二〇日から二五日の間
リトル・マガジン「聖海賊祭」は一月、四月、七月、一
　〇月の年四回
リトル・マガジン「黄金の機関車」とリトル・マガジン
　「歩く・見る・見せられる」は

発行日不明だ
わたしは東海林さだおの隠れた愛読者
赤塚不二夫「天才バカボン」の顕然たる愛読者だ
（1タス1は3である。3タス3は8である　タリラリラーン！）
週刊「少年マガジン」の連続漫画「あしたのジョー」に耽溺する年少の店主よ
（今週、ジョーはノック・アウトされた！）
ちばてつやの崇拝者よ
長篇漫画「ハリスの旋風《かぜ》」の復活をいまなお夢見ているちばてつや芸術の偏愛者よ
その優しい恋人よ
（酒舗「千両」の暗闇に月のように現れる美しい少女よ！）
わたしはいま宣言する、「すべて個人の尊厳にあらがう者は
わたしとホイットマンの敵だ！」
心優しい年少の店主よ、さあ、わたしの世代のためにギターをつまびきながら若き日の裕次郎のヒットソングを歌ってくれ

4

わたしはいま一人の熱心な読書家だ
荻原井泉水『奥の細道ノート』（新潮文庫・九〇円）を読む夢想家だ
（輝かな歴史はわたしの夢想から生まれる？）
日本的ビート詩人芭蕉はいっている、「風雲の中に旅寝するとことこそ
あやしきまでに妙なる心地はせらるる……」
芭蕉もまた
歩行的媒体　わたしもまた
歩行的媒体
だからわたしの旅は
存在の意味を問う旅なのだ
ベアトリーチェよ
今夜、世界を旅している無数のわたしの世代の幸運を祈れ

5

暗い
われわれの時代の
性病者、精神病者、夢遊病者
酒精中毒者、薬物中毒者
虞犯者、犯罪者、犯罪予定者
漁色者、色情狂者、同性愛者、両性愛者
意志薄弱者、意志喪失者、希望喪失者、人格喪失者
フェティシスト、トランスヴェスティスト
マザーファッカー！

6

今夜ここ、酒舗「千両」で解説不能の長い長篇詩を朗読
　したあとでジョン・レチー『夜の都会《まち》』をかかえて夜
　の街へ消えていった青年よ
少女から少女への、また
街から街への孤独な放浪者よ
一年後の、確実なしたたかなアルコール中毒者よ

暗い六〇年代を通じて、*"alcholic"*と呼ばれている暗い
　存在よ
確実にわたしの世代に属する六〇年代の暗い青春よ
（君の道はなんだ？　と、ディーン・モリアティはいっ
　た、聖者の道か？　気狂いの道か？[1]）
また、つねに警察から追われている孤独な反抗者よ
たぶんわれわれの時代より深い深い酩酊者よ
われわれはふたたびあの暗い顔の青年に出合うことがあ
　るだろうか　また、いつになればわれわれの時代は
彼の詩篇を解読できるのだろうか

7

わたしの国の
数少ないビート・ジェネレーションの一人よ
（あなたのニックネームは古典的ビートだ）
船舶マニアよ、飛行機マニアよ、機関車マニアよ、書籍
　マニアよ、映画マニアよ、ジャズ・マニアよ
情報収集狂よ、ランボオ研究者よ、アメリカ文学研究者
よ

海賊学研究者よ
（実際、あなたはばかみたいになんでも知っているんだ
　なあ！）
あなたの快活な旅
あなたの夢の映画
あなたの未完の長篇小説
そして厖大な量の情報と書籍
品川沖の沖仲仕よ
（下着の下の五〇〇〇グラムの銅板とともに
二月のつめたい芝浦港に沈んだのは
だれか？）
快活な筋肉労働者よ
今夜もまた確実に飲み乾されようとしているあなたの日
　当よ

8

非酒類的人間よ
むしろ薬学的人間よ
アルベール・カミュ研究者よ
コーリン・ウィルソン研究者よ
コカ・コーラ愛飲者よ
ジョン・コルトレーンの命日に黒い喪章をつけて泣いた
　健気な男よ
熱い自動車愛好者よ
あなたのアイボリーのセダンはあなたを何色の未来へ運
　ぶ？
そして酒舗「千両」はジャズ・カフェ「オスカー」への
　近道《ショート・カット》？
わたしの世代の
痩身の褐色の膚の男よ
この不能の時代にわれわれに可能なものはなにか？

9

街の戦場の過激な煽動家だ
小軀の内側の激越なる精神だ
高野山から追放された片肺の破戒僧だ
（若き修業僧はかつて高野山で賽銭を盗んで歩いた　さ
　らに観光客に火のつかない線香を売りつけた　そのう

え畏れ多くも弘法大師像に小便をひっかけた！）
だからこそ破戒僧に気をつけろというのだ
（さもなくば坊主にされちまうぞ！）
そんなわけで痩身の戦中派は酷寒の身延山で修業した
そして僧侶のライセンスを取って僧職についた　だが巨
　体のボヘミアンは
三浦半島の貧乏寺から泣きながら逃亡した
だから破戒僧には気をつけろというのだ　それにしても
人間はいかに死ぬべきか
とは恐い！
（おお、どこまでも未来永劫につづく破戒僧の毒の説教
　よ！）

10

わたしの世代を
要約すれば
一〇代は暴走
二〇代は性的混乱
三〇代は不能
四〇代は哲学の貧困
五〇代は変態
六〇代は気狂い！

11

ベアトリーチェよ
今夜もわたしはレバーを食べる
（あなたのクリトリス色のレバー！）
あなたよ、いまこそ、わたしのレバー愛好癖を理解せよ
そしてわたしの盃に芳醇な酒を泡立てよ
酒舗「千両」よ
（暗い世界を渡っていくわたしの世代の風よ）
少しの間、ほんの一世紀の間、わたしの疲弊した青春を
　して休息せしめよ
（やがて苦い中年期へ突入するのだから……）
今夜、世界のつめたい路上で凍死するであろうアルコー
　ル中毒者の死体よ
その死後硬直よ
また、世界の暗い海を漂流しているわたしの世代の船よ

船の曳く影よ
頭上を自動車が疾走する
渋谷盆地！
その中腹に寝そべっている酒舗「千両」よ
その暗い空に今夜も輝くネオンサイン
EMPIREよ
第二の銀座を夢見た道玄坂商店街
の喧噪もすでに遠い
わが生涯の荒唐無稽の夢は
はるかに遠い！

12

一九世紀のパリの裏街の薄暗い酒場のテーブルで陰気な
　顔の詩人が叫んだ、「つねに酔い痴れてあれ！」
だが酒精に泡立っているわたしの世代よ
断耳され断尾された心根優しいわたしの世代よ
もう飲むな、人生はしらふでやってゆかなければだめだ[2]
　なぜならわたしの世代は簡単に消滅しない世代なのだ
　それに
われわれは時代よりもずっと長寿なのだ

注1　ジャック・ケルーアック／福田実訳『路上』
　2　大江健三郎『万延元年のフットボール』

その夜、ぼくらは歩いていた
あふれる蜜をなめ合っている
とハニームーンのOは常夏の国ハワイからカラフルな絵
　葉書を送ってきた
Oは偉大な偽善者だ！
とSは絵葉書を見ながら語った
新しい金髪のパトロンをつかまえた
当分は生活できる
とWはコペンハーゲンから喜々とした手紙を寄こした
戦地からのやさしい休暇兵は赤坂のバーでウィスキーの
　グラスを前にさめざめと泣いた
もう一人の休暇兵は脱走ルートを求めて赤坂から青山、

銀座まで血走って走りまわった
ぼくらは都会の地下道を歩いていた
湿って寒い地下道だ
ぼくらは夥しい数の影とすれちがう
ぼくらはあなたや恋人にそっくりの影、兄弟や天使の顔
の影に出合うのだった
Hは飲んだくれて少年ともつれあって多少ハッピーで横
浜を歩いていた
彼は建築家の役割について泡のようにしゃべり山下公園
で小便をした
かつてハイミナールに酔っ払ったYは突如東京国際空港
の滑走路を駈け出して拘束衣に捕われた
友人のSがそれを見ていた
Sはジョン・コルトレーン『メディテーションズ』に発
情、発情期の女と第二京浜国道を疾走
東京国際空港で京浜工業地帯のまたたくネオンサインを
見ていた
ネオンの彼方にも女の股の間にも自由は見つからなかっ
た

とSは次の週語った
LとBとNは高所ハイウェイを離れ離れに黙って歩いて
いた
三人はそれぞれに物思いに耽っていた
三人は肩を組んで自動車のテールランプの流れを見てい
た
三人は小便をした
BとNは習慣からしゃがんだ
世界は一瞬小便に泡立った、そしてつめたく濡れた
世界は終る！
という声に突然彼らは殴打されハイウェイにしゃがみ込
んだ
終りのあるのはいいことだ！
すべて終りがあるというのはなんという救いだ！
と新宿の地下道でEがつぶやいた
迷妄だ！
すべては巨大な迷妄だ！
とそのとなりでTが叫んだ
EとTとぼくは夜の中を歩きつづけた

Mのことが話題だった
Mは一週間まえから行方不明だった
ぼくらは銀座のジャズ・カフェで白石かずこの紫色の魂
　の声を聴いた
「詩はつねに魂の問題だ
そしてhow to liveだ」
Jは新橋のナイトクラブのレジスターの前で札束を数え
　ては苛立っていた
苛立つことで生きている女もいるのだ
Dは自家用車に小さな頭を割られて救急車の簡易ベッド
　の上で死につつあった
FとAは厄介な人間関係を解決するため川崎のアパート
　の一室で議論していた
議論で解決されることは少ない
が生活に議論は必要だ
Zはホモセクシュアルな P を連れて渋谷を歩いていた
二人はコートの下のウィスキーを飲むためにときどき立
　ち止まらねばならなかった
二人は輝く世界そのものである映画を作ることに発情し
　ていた
二人はヌード写真を貼りめぐらせたスナックバーで新劇
　俳優と小説家にたかろうと熱中していた
二人はスナックバーから叩き出され空のウィスキー壜を
　かかえて路面電車の引込線をもつれて歩き去った
Rは一流のデザイナーだった
Rは貝類の渦巻に人類はかなわないと南海の貝の島へ移
　住していった
IとGは新宿のジャズ・カフェのアート・ブレーキーと
　ソニー・ロリンズの等身大の写真の前の椅子で何時間
　もまえから互の瞳の中を覗き込んでいた
瞳の奥は荒涼たる風の渡る砂漠、牧人が馬で通る森林、
　痩せこけたラクダが死を待っている砂漠だ
IとGにとってその風景を眺めていることが唯一の行為
　だ
その店の前を睡眠薬に犯されたKが歩いていた
Kは似顔絵描きに泡立つマシンガンのように話しかけた
Kは黄金のイメージを求めてしゃべりつづけた
それは解読不能のことばだった

Kは Sを求めて暗い部屋から出かけてきたのだった
Kは誰れもいなくなった街路に坐り込んでつぶやきつづ
けていた
がいまは北風の中で泡立つ黄金のイメージに満たされて
ねむっていた
ZとPは輝く世界に向かって引込線を歩きつづけていた、
あるいは荻窪でテレビコマーシャルを見ていた、ある
いは行方不明だった
行方不明者はふえる一方だ
その夜、さらに何人かの男女が行方不明になった
自由よ!
とSは東京国際空港の露の滑走路で叫んだ
Sはカミュの亡霊にとりつかれている
Sはカミュを讃美し拒絶するだろう
Sは工業国ニッポンの退屈さにうちのめされてまたスカ
ートの闇にもぐり込んだ
飛行機は飛ぶから落ちる
とSの女はつぶやいた
空を飛ぼうとした人々は偉大だ

第一号飛行機が大空を飛ぶまでに墜落死した人間の数を
かぞえよ
その数が人間の偉大さだ
Sの友人Cは渋谷駅の階段から飛翔して肩の骨を折って
病院へ担ぎ込まれた
おれは鳥だ!
とCは霊感して駅の階段から羽撃いたのだ
Cはいま神奈川の海辺の精神病院のシーツと衣服の切れ
端の巣に棲息している
Cは日に三度飛翔を試み日に三度コンクリートの床に叩
き付けられていつも全身の傷から血を流している
バードマンよ!
バードマンよ!
大空に羽撃け!
コーヒーショップ・ポエットは有楽町のジャズ・カフェ
で長い退屈な友情の詩を読んだ
Hはいま横浜の港でことばの泡につつまれて金色だ
Hはまだ若く陽気で快活だ
Hは喫茶店の固い椅子で金色の光につつまれてねむって

いる
Hはときどき悪夢にゆさぶられて目覚める
Sと女は東京国際空港の送迎デッキの柵に寄りかかって流れる星を眺めている
Uに電話をしても通じない
Uはタクシーが拾えなくて三田の暗い神社を幽鬼におびえて家路を急いでいた
Jに電話をしても通じない
Jはいま新宿の馬の水飲み場で痩せた体をふるわせて立っている
Jは悪意の雑踏のなかで『ジングル・ベルズ』とデューク・エリントン『マネー・ジャングル』を聴いてふるえている
Jはやさしいひげもじゃの天使を待っているのだ
Jは痩せた体をふるわせて待ちつづければあるいはハッピネスが歩いてくると思っている
Jは下宿の痩せた猫にライターで火をつけることに興奮している
きょうはJの第三〇回目のバースデーだ

Rebirth!
とJは叫んだ
Jは明らかにRebirthということばに身を焼かれている
Jはこのスモッグ・グレーの世界に糞のように生まれ落ちた恥辱にまみれてつめたい街路にのたうった
Rebirth!
とまたJは叫んだ
Jはつめたい街路の上で青白い光につつまれている
ぼくらは黙って暗い地下道を歩きつづけた
さて、今夜はどこへ行こう?
とは誰れにも発することのできない問いだ
三匹の豚よ、ただ黙って夜の中を歩いていけ!
糞!
糞!
ガッデム!
三匹の痩せた豚よ
おまえの汚物を吹き上げよ、世界に唾を吐きかけよ、世界に毒入りキャンデーを喰わせせよ
夜は長いスカートだ

世界は小便に濡れて光っている
ぼくらは都会の暗い湿った地下道を歩いて光の地下鉄に
　乗った
ぼくらはつめたい水をくぐり河を遡っていく鱒のように
　世界の熱い輝く核に向かって歩いていた
あなたの熱い子宮をめざして歩いていた
それは精子の灼ける熱情だ
三匹の痩せた豚は寒い夜都会の寒い地下道を熱くなって
　歩いていた

さらば、路上の時よ──泉谷明に

濃霧
激しく揺れる濃霧
光はどこからくるのか?
そのなかから現われる一本の道
濡れた路上
ああ、いつもそこから始まる詩

わたしは雨の国道にひとり立っている
いくら親指を突き立てても
決して停まらない
乗用車
長距離輸送トラック
頭髪から滴る
世界のつめたい雨
泉谷明よ
濡れた路上に
なにがあるというのか?
無人の路上にころがっているワイシャツのボタン
音もなく走り抜けていく救急車
ゴミ箱をあさる浮浪者
酔いつぶれた中年男
ああ、ねむい!
ねむい糞日曜日の朝
のねむい思惟
不安のように
滴る水

ラジオが今週のランキングを告げる
かわいい声を張り上げるキャンディーズ
〜もうすぐ春ですネー
　恋をしてみませんか？
濡れた路上の
濡れた恋？
ああ、明け方に見た
嫌な夢
わたしは裸でホテルのエスカレーターに乗っていた
そして四ツん這いになってモーと鳴いた
糞日曜日の
午前4時
午前4時に歌う『ハートブレイク・ホテル』
滴る水
わたしは思っていたのだ
四〇回目の誕生日
腹の突き出たエルヴィス・プレスリーが
終日、寝室に引き籠って出てこなかったことを
そのことを思って

わたしの心は張り裂けんばかりだった
泉谷明よ
まず濡れた路上があって
詩の第1行が走り出す
そうして
意識、感情、情念、観念ひっさげて
走る
走りつづける
息が切れたとき
詩行も終る
ああ、濡れた路上
濡れた詩法
泉谷明よ
夢のなかでも滴っていた水は
あなたの部屋にも滴っているか？
流しの水道のパッキングのように
磨滅した青春の詩法
泉谷明よ
あなたの態はまだ健在か？

いまでも天井裏をうろついているか？
糞日曜日の朝は
それが気懸かりなのです
滴る水
胃の潰瘍感
雪解けのどろんこ道のように
胃壁が溶けて崩れていく
だれもいない
濡れた路上
流れる霧
ベッドの上に滴る水
泉谷明よ
出合いは傍らを走り抜けていったバスのバックシートに
　あったのではないか？
また、すれ違ったエスカレーターのステップの上にあっ
　たのではないか？
頭脳の闇で水が滴る
四肢に冷感と麻痺感がある
おやすみなさい

わたしは裸で床屋の椅子に坐っているだろう
あるいは無翼の豚となって地を這い回っているだろう
コレステロール！
泉谷明よ
わたしたちはこうして少しずつ滅んでいくのか？
青春の詩法とともに！

（『さらば、路上の時よ』一九七七年沖積舎刊）

詩集〈記憶と悲鳴〉から

青春のプレスリー

知らせを受けて駆けつけると、友人のアパートはすっかり焼け落ちてしまっていた。寝具や家具と共に、二〇〇〇冊の本と四二枚のレコードも燃えてしまったのだ。「あきらめるよりしょうがないんじゃないか?」「いいや、あんたはなんにもわかっちゃいないんだ」と、友人は市から支給された毛布にくるまってふるえながらいった。「本は、どうでもいいんだ。どうでも。だけど、レコードが熱せられ、ひん曲り、火を噴くときのことを思うと、たまらないんだ。おれには聞こえるんだ。レコードの悲鳴が。おれには見えるんだ。プレスリーの歌が煙にまかれて、逃げまどい、倒れ、肺に大量に黒い煙を吸い込み、絶息する姿が。あの、おれたちの青春のプレスリーが!」

年代記

わが生誕の朝、淀川の水は水草茂る岸辺をひたひたと打ち、漣立つ川面は春の陽を浴びてきらきらきらきら輝いているのであった。

光量が大きすぎるのだろうか? 目を細めて世界をまぶしそうに見ている頭部が異常に大きな赤ん坊。そして、未来を指差している股間の小さな性器よ。

光る波頭よ。関門海峡であろうか? 連絡船の甲板の上で若い両親と幼い兄妹たちに囲まれて潮風に吹かれている少年の疎らな頭髪よ。だが逆光なので、その表情はほとんど読み取れない。

Heartbreak Hotel。エルヴィス・プレスリーがギターかかえて腰をセクシーにゆすって歌ったときから、わたしはひどく落ち着かなくなってしまった。わたしは、頭髪をリーゼントスタイルにし、シャツの第二ボタンをはずして街をうろつきまわるようになった。

股座にぶらさがっている棒状の器官とはなんだ？　交互に襲ってくる挿入衝動と去勢衝動。塀の節穴に突っ込もうか、それとも切り落として吾妻橋の上から隅田川に投げ込もうか？　わたしは、ほとんど性的人間であった。

政治は理念ではなかった。権謀術数の世界だ。花開き、雨に打たれて散ったアカシアの花よ。消火ホースで頭から水をぶっかけられ、機動隊の盾に突き飛ばされた。六月一五日、わたしは買ったばかりの真新しい靴をなくしてしまった。

素肌に黒いレーシングスーツを着て窓の外をオートバイで走り過ぎるかつてビーナスと呼ばれた女よ。ひとはなぜ、八頭身の女を讃美するのか？　胴長の女の長い背中ほどこの世でセクシーなものはないのに。

ああ、アルコールの洗面器に顔を突っ込んで死んだジャック・ケルアックよ。ギンズバーグが雨の墓地で長い長い追悼詩を読んだ。ああ、雨。その日、世界は終日雨であった。

ある日、突然、空の彼方から赤ん坊がやってきた。そうして宇宙は赤ん坊の泣き声で満たされたのだ。わたしはその日から重い乳母車を引き摺って歩くようになった。

抒情詩人よ、雨の路上になにがあった？　濡れた抒情と青春の詩法。滅びのときは近い？　ああ、巻き上がる砂塵と繁茂するセイタカアワダチソウ！　針の蓆の上の日々よ。最良の生涯とは地虫のようにただじっとして動かぬことなのか？

引っ越し——武蔵野市吉祥寺（1）

わたしの記憶の最初の一つが引っ越しにまつわるものだというのはきわめて興味深い。

それは、荷物を満載したリヤカーのあとから妹の手を引いて国鉄中央線の踏切を渡っていく風景である。たったそれだけのことだ。しかもそれは、引っ越しというにはあまりにも小規模な、同一の町内をただ南から北へ一〇〇〇メートルほど移動したものにすぎなかった。しかしそれは、その後、気の遠くなるほど何十回となく繰り返される儀式の最初のほんの一つにすぎなかったのである。

ストーブ炎上――横浜市綱島町(2)

熱い夏の、とりわけ熱い午後だった。

綱島町八〇〇番地の美和苑A号室に住んでいたわたしは、原っぱでストーブが燃えているというニュースを聞いて、不吉な予感を抱《いだ》きながら臨月の妻と一緒にその原っぱへ駆け付けた。

そのストーブは原っぱの真ん中に据えられ、高い炎をあげて燃えていた。それを十人ほどの人間が遠巻きに輪をつくって取り囲み、まぶしそうに見つめていた。誰れかがガソリンをふりかけ、火を放ったにちがいない。もっとも燃えるといっても、そのストーブは不燃物の金属と陶器で出来ていたのだからストーブが燃えているのではなく、ガソリンが燃えているのだった。だからガソリンが燃え尽きれば、あとには油煙と煤煙で真っ黒に変色したストーブが一つ死骸のように残るはずだ。

炎天下の原っぱで勢いよく炎上するストーブを見ていると、めまいがした。それはかならずしも太陽と燃え上がるストーブの熱のためだけではなかっただろう。なぜならそのストーブはやがてやってくる冬にわたしたちの体温をあたためてくれるはずのものだったのだ。それが昨日、何者かの手によってわが美和苑A号室から持ち出され、いま、わたしたちの目の前で盛んに炎を上げて燃えているのだった。急に吐き気を催した妻の肩をかかえて、わたしは暗い心でその原っぱをあとにした。来たるべき寒い冬を思い描きながら。

(『記憶と悲鳴』一九八〇年沖積舎刊)

＊

アイオワの風に吹かれていると――経田佑介に

日本から送られてくる手紙は
いつも雨に濡れていた
アイオワの風に吹かれていると
鼻毛が伸びた
鼻の孔がひりひり痛んだ
そして
喉がしきりに痛んだ
アメリカ人がたえずCokeや7up飲むわけがわかるよう
　な気がした
乾いた空気の中でドライなバーボンを！
こいつは悪くなかった
また
アメリカの詩はたえず風が砂塵を巻き上げ
根こそぎにされたニガヨモギを吹き飛ばしていた
こいつもそう悪くはなかった
アイオワの風に吹かれていると
鼻毛がいよいよ伸び
日本は水浸しの
雨の邦なのであった
そこでは
詩もいつも濡れていて
縦書きの詩は雨のように思われた
それも悪くなかった
そして
雨の邦では
夢の中まで雨が降っていて
日本人は水に住む蛙のように思われたのだった
蛙の暮らし？
それもまんざらではなかった
アイオワの風に吹かれていると
音もなく降る長雨ながめながら酒を

あなたと二人静かに酌み交すのも悪くない
と思った

アイオワ、一九七九年九月二七日

空想の舌

ナットウ
トウフ
スシ
スルメ
ウナギ
テンプラ
ソバ
オデン
そこで時間になった
のでシャワーを浴びて
パーティへ出かけた
いいかげん酔っぱらったころ
留学生からこんな話を聞いた
昔、ある探険隊が南極で遭難し
飢えのため一人の男を除いて全員発狂してしまった
その男はというと
空想の世界で毎日ご馳走を腹いっぱい食べていたのだ
空想の舌は長いという
男は海を越えて祖国にまでその先端を伸ばしていたのか
　もしれない
わたしは変に感心して
千鳥足でアパートへ帰ってきた

アイオワ、一九七九年九月一二日

その夜、わたしはずうっと枯葉の匂いがした

雪を払うように
戸口で肩の枯葉を払う
かし、かしわ、かば、かえで……
吹雪のように落葉舞う落葉樹の間の道を

わたしはひとり歩いて帰ってきたのだ
月の光は
どこにいても美しい
すっかり葉を落とした林越しに
アイオワ河が光っていたよ
リスが乾いた音をたてて枯葉の上を走っていたよ
アイオワにきて三〇日
わたしはシャワーにもキャットフィッシュにも一向にな
　じめない
今夜はなんのパーティだったのだろう
いつまでも言葉の話せないわたしは
ひたすら疲労するばかり
わけもなく醜く泥酔してしまう
暗い部屋のドアーを押すと
コオロギが飛び出してきてわたしを迎えてくれる
強《こわ》ばった心をゆっくりほぐしてくれる熱いコーヒーよ
コーヒーカップ握ったままわたしはいつまでもじっと椅
　子に坐っている
枯葉舞う音と
おまえはここでなにをしているのだという声を聴きなが
　ら

アイオワ、一九七九年一〇月六日

アイオワ河はその日も濁って流れていた

――木澤豊に

だれに呼ばれたのか？
朝露ふんで
わたしは岸辺に立っていた
夢を見ているのか？
ハックリベリー・フィンのように
木の枝に糸を結んで
鯰を釣っていたのだ
耳元でしきりに囁くのは
だれ？
見回わすと
まだ西の空にかかっている月

そして
いつも懐しい感情を起こさせる水の流れ
いま、水の上を透明な衣装着て向う岸へ歩いていく存在《ひと》
　よ
怯えて暮らすのはもうたくさんだ
わたしは逃げだすことばかり考えてきた
のでいまだに帰って行く道がわからない
ブラックバス？
黒い影が川面に大きな波紋をつくって
ゆっくりと泳ぎ去る
自得
わたしが考えているのは単純なことだ
肩をたたかれてふりかえるが
だれもいない
突然燃え上がることのない向う岸の木々の緑よ
九月の光よ
わたしはもう遠くへ行こうとは思わない
ただ、もっと深い所へ！

アイオワ、一九七九年九月二九日

マクブライド・ホール哺乳類室にて

＊
日本人は鯨を喰うそうだが
うまいか？
フランクな男だ
わたしたちは巨きなシロナガスクジラの骨の下に立って
　いたのである
フランクも喰ってみたら？
どうして？
『アメリカの鯨喰い』という本が書けるかもしれないよ

アイオワ、一九七九年九月二六日

＊＊
ハイイログマが後肢で立ち上がり
わたしたちに襲いかかろうとしていた
こいつが右ききか左ききかわかるか？
わたしは熊の前肢を見つめた
昔、ぼくのおじいさんからきいた話だけど
とビルが熊を見ながらいった

熊に出っ喰わしたときは
きき腕をす早く判断することが重要なんだ
そうすれば最初の一撃をかわすことができる
おじいさんがハイティーンのとき
オレゴン州へ熊狩りに行って
インデアンから教わったんだってさ
おじいさんの話は
いつきいてもたのしかったなあ!
たのしかった?
うん、三年前に死んだんだ
ハイイログマは相変らずわたしたちに襲いかかろうとし
　ていたが
ビルはもう見ていなかった

アイオワ、一九七九年一〇月二六日

きょうも、マックスウェルズ・バーへ行った
――ホセ・ラカバに

学生?
わたしは首をふった
プロフェッサー?
もう一度わたしは首をふった
ビジネスマンには見えませんがね
ピート・ローズが猛然とサードベースにすべり込み
雲のように舞い上がる砂塵
その上に青空がひろがっていた
野球が好きなんですね
バーテンダーはきゅっきゅっと音たててグラスを磨いた
わたしは褐色の液体をすすった
町は
少しずつオレンジ色に染っていった
ホセのことを思った
ホセはいまごろどうしているだろうか?
マニラからマーラがやってきた日から

わたしと飲み歩くのをやめてしまったのだ
店内は次第に客が混んできて
バーテンダーはとうにグラス磨きをやめていた
ホールではバンドがロックンロールの演奏を始めた
レスラーのような体格の黒人プレーヤー
が外野スタンドにボールを打ちこんで
シンシナティ・レッズは8対10で負けた
バーテンダーはテレビのスイッチを切った
なにやってるんですか、この町で？
わたしはいつも答えに窮してしまう
外へ出ると
町はすっかり闇の底
一〇月の風がひんやり首すじをなでて通りすぎた

アイオワ、一九七九年一〇月二六日

マックスウェルズ・バーのカウンターに坐って

マックスウェルズ・バーのカウンターに坐って
わたしは
いったい、だれか？
便所の鏡をのぞくと
首から上がなかった
うんとドライな奴を！
わがバーボンには銘柄もなかった

アイオワ、一九七九年九月二八日

わたしの魂は森の中をさまよっていた

静かに！
とわたしはいった
森の中で枯葉を踏む音がし
つづいて枯枝の折れる音がした
あいつが歩き回っているのだ
あいつはわたしから脱け出して
森へ行ってしまったんだ
そしてそれっきりもどってこないんだ

ベッドに横になったまま
わたしはそういった
友人は窓際へ歩いて行って
森を眺めた
木々はすっかり葉を落とし
枝には鳥の巣が無数に置き忘れられていた
ぼくにはなんにも見えないけど
熊みたいな奴か？
友人は夕暮れの部屋の中に杭のように立っていた
それでそいつはいつ森から出てくるんだ？
それがまるでわからないんだ
わたしはそう答えるしかなかった
友人は頭をふると黙って部屋を出て行った
窓の外では一一月の風が口笛を吹いていた

アイオワ、一九七九年一一月二日

鳥の巣について——仙台の原田勇男に

路上
きらきら
仙台きらきら
秋の光に染まりながら大股に歩く長い影よ
棒のごとき日本語呑み呑み
《th》の発音訓練日に何度も舌を噛んで
なにをしているのだろうねわたしはここで
茫々
青い河のほとりで
わたしは風の音に耳傾ける
あれは
なんの暗喩なのだろう？
すっかり葉を落とした木々の枝に
無惨にも取り残された無数の鳥の巣
木々が鳥の巣を隠している事実を
あなたは考えたことある？
日々、鬱々として

なぜかわたしは深酒してしまうのだ
きょうも終日テレビの前に坐っていた
そして
白痴の猫のようにベッドにもぐり込んだ
明け方の暗い夜道の女を襲う夢
その前は妻と娘の乗った飛行機が墜落する夢
キツツキにつつかれた電信柱のように
わたしの夢も穴だらけさ
その夢の中を
無数の鳥の巣が落下するのだ
鳥の巣
鳥の巣……
なにに怯えているのだろうねわたしは
夜中に飛び起きて
家中の明りをつけて歩いたのだ
そんなことしたって
家の中から闇を追い出すことなんてできっこないのに
さ
先週の日曜日のこと

家主の小猫に小指を噛まれて
皮膚の下血の膜がうっすらとひろがっていくのを見てい
　たら
とても恐かったね
いったい、なにに追い回わされているんだろうね仙台追
　廻住宅とわたし
Whiting Avenue 白い風の中歩いていると
魂まで漂白されそうで
恐いんだ
しかし
鳥の巣は鳥の巣だ
それはなんの暗喩でもない
木の葉と木の枝
鳥の糞と鳥の羽根
せいぜいそれらの合成物さ
鳥の巣はあくまで鳥の巣にすぎない
というべきだろうねわたしは
光の速度で流れる時間よ
救われることばかり考えているわたしの生よ

発泡7up泡立て
血のように薄いコーヒーすすって
本当になにをしているのだろうねわたしはここで
図鑑片手に
机の上に落葉なんか並べて
さ

アイオワ、一九七九年一一月一六日

アイオワでは花や樹も詩を書く——妻に

ぼくの一日は
ざっとこんな具合さ
昼近くに起きて
ルームメイトのヘブライ語詩人とおしゃべり
それから
のんびりシャワーを浴びて
町へ出かけるんだ
すると……
廊下でギリシア語の詩人とすれちがい
エレベーターの中でスペイン語の詩人に
ロビーでイタリア語の詩人とポーランド語の詩人にばったり
バスに乗ると
マレー語の詩人と一緒になり
本屋で朝鮮語の詩人に会う
ドラッグストアでスワヒリ語の詩人から話しかけられ
スーパーマーケットで英語と中国語の詩人夫婦から挨拶される始末さ
まだ終りではないんだ
英語やアラビア語の詩人たちとディナーを一緒に食べることになっているし
夜はタガログ語の詩人とバーに出かけるのだ
バーへ行くと
詩を書くバーテンダーがビールを出してくれるし
ギンズバーグ・ファンの
運転手が運転するタクシーに乗って
ギンズバーグの話をしながらアパートに帰るのさ

それから
日記をつけて寝るわけだけど
夢の中にまでつぎつぎと詩人が現れて
自分の国の言葉で詩を読む
というわけなのさ
つまり
アイオワでは花や樹も詩を書くんだ
医者は五パーセント
弁護士は二パーセント
これが人口に占める適正な比率だそうだけど
詩人の適正比率はどうなんだろう?
あら、詩人ってほんとにいるのね
ぼくと結婚したときそういったきみだ
このアイオワにきたら
いったい、なんていうんだろうね
ぼくはいまからそれが楽しみなのさ

アイオワ、一九七九年九月二二日

ヒッコリーヒル・パークの樫の森を歩きながら娘に語ったこと

この大陸には
約六〇種の樫が生えていて
そして
アメリカは樫の大陸なのさ
樫には
大きくわけて
赤い樫と白い樫の二つがある
葉の先が鋭くとがっていて
赤く紅葉するのが赤い樫
実は苦くて
なまで食べるとあぶない
それから
葉先が丸くて
枯れると白くなるのが白い樫
これは
実が甘くて

なまでも食べられる
白い樫と赤い樫
どっちも粉にひいて
パンやケーキ、セリアルなんかにするんだ
(セリアルというのは
おまえの好きなコーンフレークみたいなものさ)
スープにも入れて食べるんだ
こんなことはみんな
インデアンなら昔からようく知っていることだけどね
アイオワ、一九七九年一一月二三日

それで、朝の散歩はおしまい

わたしたちの足音を聞いて
リスたちはす早く木の上に駆け上がった
かわいいね
と娘がにこにこしていった
木々はすっかり葉を落とし
地面にはリンゴやクルミの実がころがっていた
気をつけろよ
ふんづけると足をくじくぞ
リスたちは木の上で追い駆けっこを始めた
ケルアックという人のお墓へ行ったときのことだけどね
とわたしは娘にいった
まっ黒なネコがリスをくわえてさ
木の上からにらんでいたんだ
眼が光ってとっても恐かったよ
ネコはリスを食べるの?
いつもの朝のように
黄色いスクールバスがやってきて
角を曲って見えなくなった
おまえはクルミのパイが好きだけど
つくり方知ってる?
娘は首を横にふった
リスをとっつかまえてさ
胃袋を取り出すんだ
中にはクルミがたっぷり詰まっているというわけなのさ

娘はじっとわたしの顔を見つめ
大声で母親を呼びながら家の方へ走っていった
それで
朝の散歩はおしまい

アイオワ、一九七九年一二月三日

一九七九年九月二七日午後、アイオワ

椅子から立ちあがり、机を離れる。
電話機の横を通って、寝室へ入っていく。
寝乱れたベッドが目に入る。
椅子の上に脱ぎすてられたシャツとズボンがある。
ベッドの下に靴がそろえておいてある。
窓際へ歩いていく。
窓から外を見る。
窓の下をひっきりなしに車が通っている。
公園で学生が空手のトレーニングをしている。
河をカヌーがゆっくりのぼっていく。
対岸の公園で子どもたちが歓声をあげてボールを追いかけている。
空にひとすじ飛行機雲が走っている。
窓際を離れる。
部屋の中央に立って天井のしみを見つめる。
バスルームに向かう。
途中で壁の受話器をはずし、ダイヤルをまわす。
遠くでコールする音。
しばらくそれに耳を傾ける。
受話器をもとにもどす。
バスルームのドアをあける。
ひんやりしたバスルームは換気扇の音だけが騒々しい。
剃刀の刃にうっすら錆が浮いている。
鏡の中の顔をのぞく。
寝室にもどる。
首をふる。
腕をまわす。
屈伸運動をする。
熊のように歩きまわる。

窓から外を見る。
子どもたちの姿はない。
ふたたび熊のように歩きまわる。
ベッドにあおむけになって天井を見つめる。
一篇の詩について考える。
室内灯もつけずに、ずうっとそうしている。

蕪村の書簡を読んだ

拙老とかく世路に苦しみ、
発句なく口惜しく候。
という蕪村の口惜しさよ
工案のいとまもなく、
遺恨の至りに候。
という遺恨の至りよ
わたしはいよいよ蕪村が好きになった

アイオワ、一九七九年一二月一〇日

木澤豊詩集『地涌《じゆ》』

一〇月二三日。一冊の詩集を読んだ。その日から日本の野山を駆け巡っているわが夢よ。そして、急激に低下していったわが英語力よ。

ひとが蹲っている台所の闇がある。そのひとは今し方そこに蹲ったのだろうか、それともそうやって数千年そこに蹲っているのだろうか。

明るくてさびしい、さびしくて明るい日本の山河をほこほこ歩くひとの後ろ姿よ。いったい、どこまで行こうというのか。あんまり遠くまで行くと風景と見分けがつかなくなるじゃないか。

あなたは言葉に触れる。石や大地に触れるように。すると、言葉は木や風や空になるのだ。山河に還るように。歴史の奥の闇に還るように。

だがあなたがゆふなどとやさしく呼びかけるので、そのぶんだけわたしは溢れ出る情緒の水を持てあましてしまうのだ。あなたが持てあましてしまうように。

わたしはだんだん批評の言葉を失っていく。そして、わたしは少しずつ豊かになっていく。水をふくんだ海綿のように。一冊の詩集。わたしはただこの時間と空間を共に生きるだけだ。

いま、わたしの家にある本はこの本一冊だけ。だが、わたしがこの本を選んだわけではない。この本が、わたしを選んだのだ。

アイオワ、一九七九年一二月二九日

アイオワ冬物語

やわらかい冬の陽差しが、窓からななめにベッドに差し込んでいる。娘が、ローラースケートをはいてベッドのまわりを走りまわっている。サバトラの子ネコが、大家さんの娘に追われてベッドの下に逃げ込む。妻と私は、裸のままベッドに並んで、にこにこしてそれらを見ている。壁には、クリスマスの飾り付け。そして、娘がクレヨンで描いた私達夫婦の（娘からすれば両親の）顔の絵がピンでとめてある。

外はつめたい北風が吹いているが、室内は春の日のように暖かい。半地下の、私達の部屋は、ちょうど目の高さが地面になっていて、そこに窓がある。その窓枠の所に風に吹き寄せられた落葉がうず高く積もっている。それが、風にかさこそと鳴る。リスがときどき窓から私達をのぞき込む。そして、乾いた音をたてて枯葉の上を走り去る。屋根の上の空をムクドリの群れが南へと渡っていく。

たったそれだけの風景であるが、その風景も夜半から降り始めたことし初めての雪の下にうずもれてしまう。記憶の底にうずもれてしまうように。

アイオワ、一九七九年一二月二三日

＊＊

おお、ニューヨーク！

五番街ぐんぐん下っていくと
肩と肩とがぶつかり
クラクションが猛然と吠えたてる
少しずつ心身がほぐれていくのがわかる
ああ、この感覚だ！
玄米に
フレッシュミルク
フレッシュサラダに
フレッシュジュース
おまけに
No Drinking!
No Smoking!
ああ、アイオワ人よ
自然食品もうたくさんだ
味わうために喰うのであって
栄養学の教科書を実践しているわけではない
あなたは健康すぎる、そして
そのぶんだけあなたにはなにかが欠けているのさ
煙草の煙もうもう立ちこめる深夜の
ソーホーのレストラン
わたしは絵に描いたようなチェーンスモーカー
そしてワインのがぶ飲み！
アイオワ人よ
この感覚だよ
わたしには肺癌になる自由もアル中になる自由もあるの
　だ
つまり
毒！
人生には小量の毒が必要なのさ
ああ、アイオワ人よ
あなたはわたしより二〇年は長生きするだろうね
だけど
それがなんなのさ？

ニューヨーク、一九七九年一〇月二九日

ポンティアック湖の畔にて

——カレン&トーマス・フィッツシモンズに

and Gozo went away——*Thomas Fitzsimons*

トーマスが鋭い調子でいった
森を火事にする気か！
わたしは煙草をすおうとしたのだ
カレンとゴーゾーは
望遠鏡を手にバードウオッチングに夢中だった
トーマスがカシとブナの見分け方を教えてくれた
昔、ポンティアックという名前の
インデアンの種族がここに住んでいたんだ
夕陽の切れ端が湖面に浮かんでいて
虹色の腹の魚が蒲《キャット・テイル》の穂を猫の尾のようにゆらした
わたしたちがコテージへ入っていくと
森の匂いも一緒についてきた

カレンが台所で料理を始め
あとの三人はリビングルームでゴーゾーの詩の朗読テー
　プを聴いた
すごい！
だけど日本語ってちょっと小鳥の囀りみたいじゃない？
コテージはすっかり闇につつまれて
もう湖水は見えない
テツオが東海岸からつめたい風を運んできたんだ
コオロギがしきりに鳴いた
カボチャと野菜サラダと
ワインとナチュラルチーズの
晩餐
マリファナはどう？
ワインの方がいいな
いつの間にか月が出て
湖面に金の粉をまいた
おやすみといって
ゴーゾーは空色のポンティアックに乗って帰っていき
わたしはゲストルームに下がった

わたしは真夜中に目を覚ました
山火事に囲まれた夢を見たのだ
そして
この詩を書いた

デトロイト、一九七九年一一月三日

ネバダのレストランにて

おまえは日本人か？
昔、日本人の学生を下宿人に置いたことがあるけど
いい奴だった
だけどドイツ人は嫌いだし
ロシア人は信用できない
白髪のウェイトレスからいきなりこう話しかけられた
一本の通りに沿って雑貨屋、食料品店、モーテル、レストラン、ガソリンスタンドが並んでいる
砂漠の中の小さな町だった
一本の木もない
いったい、どんな人間がこんな町に泊るのだろうか？
そしてひとびとはどうやって長い夜をすごすのだろうか？
グラスの中で氷が鳴った
かすかにエアコンディショナーのモーターのうなり声
午後の強い日差しが埃っぽい通りを照りつけていた
鷹が一羽岩山の上をゆっくり舞っていた
グッドラック！
ドアーを開けると
熱気が鬨の声をあげて襲ってきた

ネバダ、一九七九年一〇月一〇日

ニューオーリンズの奇蹟

ここ、ゴキブリホテル？
ニューオーリンズの
西陽のあたるホテルは
ドアーをあけたのも

荷物を運んだのも
蝶ネクタイ結んで帳場にすわっていたのも
みんな
ゴキブリだった
娘は貝のように黙り込み
妻は悪口雑言並べたて
褐色の昆虫が部屋じゅう元気に走りまわっていた
ベッドの端に腰をおろし
旅の疲労にいっせいに染まりながら
ぼくらは世界一みじめな気持だった
こんなとき
サロイヤン氏ならどうするだろう?
妻と娘は花咲く樹である
とにかく花を咲かしてやらねばならない
とぼくは思った
ホテルも幻
ゴキブリも幻
この世の出来事はすべて幻である!
冗談とワイン猛然と泡だてると
おいしいパンとチーズ
ぼくらはたらふく食べたのだ
すると不思議!
蟹売りの声が流れてきて
陽気なデキシーランドジャズが鳴り始めたのだ
部屋がやさしい表情を見せだし
楽しい世界が雲のようにやってくる気配
がしたのだ
そら、みろ!
ぼくは得意になっていったっけ
へこたれさえしなければ
人生、結構楽しいものなのさ

ニューオーリンズ、一九八〇年一月二日

ローエル 1979——ジョイ・ウォルシュに

「このバスは、ローエルに行く?」

「えっ?」

「このバスは、ローエルに行く?」

「えっ?」

「このバスは、ローエルに、行く?」

「行く」

＊

日本人にとって
発音がむつかしいのは
Lowellばかりではない
St. Jeanといったのに
タクシーが止まったのは
なんとSt. John教会の前だった
聖者は異教徒は守護してくれないのかな?

＊

地獄で仏に会う
という諺が日本にあって
あなたから声をかけられたときの
わたしの気持は
ちょうどそんなだった
セントジーン・バプティスト教会が地獄だというわけで
はけっしてないけれどもさ

＊

暗い眼をして
わたしたちを見つめていた少年は
だれなんだろうね?
ほら!
ルパイン・ロード九番地の
ジャックの生家をたずねたとき
ポーチに立っていた
あの少年だよ

＊

エドソン墓地では
猫がリスをくわえて
木の上からわたしたちをじっと見てたの覚えてる?
ポーの小説から脱け出したような
黒猫さ
眼が光って
恐かったね

＊

リチャードの体格は
アメリカ人としては大きい方?
リチャードのレインコートは
わたしの踝までであったっけ
つめたい氷雨にふるえながら
ジャックのお墓の脇に立っているわたしは
まるで月遅れのハロウィーンのお化けだね

＊

アメリカ人って
フットボール気狂いだよ
生前、ジャックがのんだくれていた
フレッチャー・ストリートのマイク・モロイのパブ
客も店主もフットボール・ゲームのテレビ中継に夢中だ
　ったじゃない?
ジャックが隅のテーブルにすわって
じっとゲームを見ているような気がしたよ
ハイスクール時代、フットボールの花形プレーヤーだっ
　たあのジャックがさ!

＊

晩餐をしたイタリア料理店は
なんて名前だったかな
エドワード・ケネディをめぐって
ジェイとリチャードが言い争った店さ
ジェイったら
すっかり腹をたてて
とうとう雨の中をひとり歩いて帰っていったっけ
わたしは久しぶりにありついた生の蛤に夢中だったけど
　さ
だって
陽が落ちると
とたんにわが聴力は低下するんだ

＊

「ジャック・ケルアックって知ってる?」
「何者だね、それは?」
ボストンへ向かうタクシーの中での
運転手とわたしの会話だよ
「この町の英雄は
なんといっても

アームストロングさ
月に降り立った人類最初の人間
ニール・アームストロングさ!」

＊

ローエルは
静かで
美しい町だ
だけど
タクシーに乗り込んだときは
内心ほっとしたよ
ローエルの眼
たえず見られているような気がして
仕方なかったんだ
ジョーイ
あなたはどうだった?

相模原、一九八一年六月一三日

コンチネンタル・オプみたいに

相棒はベッドでいびきをかいていた
そっとドアーにロックすると
おれは夜の町へ出た
闇が拳銃でおれを狙っていた
ナイフがきらりと光った
アドレナリンが大量に分泌された
おれの心臓は早鐘のように打ち
家々の窓ガラスをびりびり鳴らした
おれは角のドラッグストアに駆け込んで
ひとまずコーヒーを飲んだ
通りをながめると
街灯がぽつんとともっていて
黒い猫が通りをゆっくり渡っていった
コーヒーは血とコカインの味がした
新聞は殺人と汚職と醜聞の臭いがした
おれは黴の匂う地階のバーへ降りていった
裸電球の下で目付きの鋭い男たちがくわえ煙草で球を撞

いていた
そしておれをじろりと見た
おれは西部の男のようにウィスキーをぐいとあおると
カウンターにコインを放ってそこを出た
中国人が鳥のように囀っていた
油と大蒜の匂いが路上にあふれていた
顔のない男たちがしきりにうろついていた
シガレットを取り出すと
おれはライターで火を付けた
五〇ドルでいいわよ
長く切れ込んだスリットから萎びた太股がのぞいていた
血管がゆっくり収縮した
歩き出すと
背後で銃声がした
ばたばたとひとの走る足音
つづいてガラスの割れる音がした
パトロールカーがサイレンを鳴らしながら到着した
暗い通りを歩いていくと
ひたひたと足音がつけてきた

おれはうしろも見ずに
数ブロック走った
いつの間にか足音は消えていて
おれはすえた匂いのする横町を歩いていた
ビルの狭い階段を昇っていくと
覗き窓があった
目玉が二ツ現われ
頬骨の突き出た陰気な男がドアーを開けた
催涙ガスを撃ち込まれたように
室内は煙草の煙が充満していた
赤い電球が兎の目ン玉のようにともっていた
女は激しく腰を前後に揺すった
乳首の星型のスパンコールが
きらきら光った
極小の蝶々を見上げながらおれは
大量のアルコールを嚥下した
暗い通りや明るい通りを無数に渡った
頭の芯がじーんと痺れた
頭の中を消防車が走っているようだった

大地がぐらぐら揺れて
目の前が真っ暗になった
気がつくと
おれは自分の部屋の床に長く伸びていた
相棒は同じ姿勢でベッドに寝ていたが
口からひと筋血が流れていた
バスルームの水が出しっ放しだった
北側の窓が開けっ放しで
カーテンが風に揺れていた
ナイトテーブルの上のバーボンの壜
をつかむとおれはグラスに氷を放り込んだ
褐色の液体が痺れた舌を針で刺した
おれは頭から毛布をひっかぶるとそのまま暗黒の穴に落
ちていった

サンフランシスコ、一九七九年一〇月一一日

ここから真珠湾は見えない

戦争になったら
あたしたちもローヤに入れられるの?
わたしたちはリビングルームにすわって
テレビを見ていた
テレビは戦時中の強制収容所のフィルムを流していた
悪い夢を見るのは
歯痛のせいだ
わたしはシャワーをあびて夢のかけらを洗い流した
あしたは皮膚に太陽の光をたっぷりあてて
血をうんとあたためてやろう
暗い沖に目をやると
珊瑚礁のあたりでしきりに白い波が泡立っているのが見
えた

ホノルル、一九八〇年一月一七日

歯はいい？

とても海水浴どころじゃないわ
右の奥の歯が痛くてね
読みさしのペーパーバックから顔をあげながら
シアトルからきた女がいった
あたたかいスコールがやってきて
熱帯の島々を
渡っていった
この海の向うに
ぼくの邦があって
カリフォルニア州ほどの島に
一億の人間が押し合い圧《へ》し合いしているんだ
ネズミみたいに
ね
そこへもどっていくのかと思ったら
ぞっとしてさ
実際、歯が痛いと
ろくなことを考えないな

そうね
歯にも休憩が必要だわ
こうして
熱い砂の上に寝ころんでいると
憎悪が世界を支配しているなんて
とても信じられないわね
陽気なアシカのように
妻と娘が濡れた体で海からあがってきた、そして
股の間から滝のように海水を滴らした
歯が痛まなければ
とシアトルからやってきた女がぽつりといった
世界はどんなに美しいことでしょうね
そうして
波たち騒ぐ沖へ目をやった

ホノルル、一九八〇年一月一八日

あとがき

すべて機会詩の形をとった。

ところが、俳句というすぐれた機会詩の伝統をもつわが国では、機会詩がひどく低く見られていて残念でならない。そんな折りも折り、田村隆一氏の『鳥と人間と植物たち』（徳間文庫）という本のなかで格好の文章に出っ喰わした。ゲーテの言葉なのだが、わが意を得た思いがしたので、それをここに孫引きしてみたい。つまり、ゲーテはこういっているのである。「世界は大きくて豊かだし、人生はまことに多種多様なものだから、詩をつくるきっかけに事欠くようなことは決してない。しかし、詩はすべて機会の詩（ゲレーゲンハイツディヒテ）でなければいけない。つまり、現実が詩作のための動機と素材をあたえるのでなければならない。ある特殊な場合が、まさに詩人の手にかかってこそ、普遍的な、詩的なものとなるのだ。私の詩はすべて機会の詩だ。すべて現実によって刺戟され、現実の根拠と基盤をもつ。根も葉もないつくりものの詩を私は尊重しないのだ。」（山下肇氏訳）

一九七九年秋、たまたま、アイオワ大学の国際創作プログラムに参加する機会を得た。ほとんど、アイオワ市という中西部の大学町にいたのだが、ときどき、東部や西部、南部へも旅行した。本詩集には、そのときどきに書いた詩と、そのときの体験をもとに書いた詩とを集めた。

アイオワ大学へ行く機会を与えてくださった方、行くにあたってお世話になった方、アイオワでお世話になった方、拙作を発表する機会を与えてくださった雑誌の発行者・編集者、さらにこの詩集ができるまでいろいろお世話になった方、みなさんに心からお礼を申し上げたいと思います。

一九八三年四月一日　相模原にて

中上哲夫

（『アイオワ冬物語』一九八三年土曜美術社刊）

詩集〈スウェーデン美人の金髪が緑色になる理由〉
から

わにのばあ

ニューオーリンズへいったら
わにのばあへ寄ってごらん

沼沢地帯のはずれに
ぽつんと赤いネオンがひとつ
それが
わにのばあ
よる
空に月がのぼると
わにたちが
のそりのそりと
沼からあがってきて
とまり木にとまると
しずかにビールをのみはじめるのさ
そして
月が西の空にかたむくと
千鳥足で
のそりのそりと
ふたたび沼へ帰っていくのだけど
なんてすてきなわにたちなのだ
この世にかれらほどものしずかな酒呑みはいないね

ニューオーリンズへいったら
わにのばあへ寄ってごらん
わにたちがとまり木にとまって
しずかにビールをのんでいるよ

スウェーデン美人の金髪が緑色になる理由

酸性雨がふって
地面にしみこむと

地下水が酸性になる
地下水が酸性になると
そこから水をとる水道の水も
当然
酸性になる
そして
水道の水が酸性になると
水道管の銅が溶けて
水道の水にまざる
したがって
スウェーデン美人が
(美人でなくても)
銅のまざった水道の水で洗髪すると
金色の髪が緑色になる
というわけさ

わかった?

空中植物

十年ほど前、合衆国南部をバスで旅行していたとき、ハイウェイ沿いの森や林の木々の高い枝から灰色の髭のようなものがぶらさがっているのを見た。いかにも鬱蒼とした感じで、むかし見たターザン映画の密林を思い出した。

旅から帰って図鑑で調べてみると、それがスパニッシュ・モスだった。日本の山地で見られるサルオガセに似ているのでサルオガセモドキと呼ばれるアナナス科の植物で、パイナップルの仲間だった。驚いたことに、このサルオガセモドキには根がなくて、茎は灰色の紐状で、無数に枝分かれし、そこに線状の葉がついている。そして、茎や葉は短い毛状の小鱗片で覆われていて、この小鱗片が空中から水分を吸収する仕組みになっているのだった。なるほど、これなら根など必要ないわけだ。

このサルオガセモドキは、泥縄式の俄勉強によると、北アメリカ南部から南アメリカにかけて広く分布する気《き》生《せい》植物で、高温多湿であれば一年中生長し、夏だけでも十センチも伸びる。花は淡緑黄色で、夏から秋にかけて咲く。園芸植物として育てる場合、根がないから植木鉢に植えるわけにもいかず、壁などに釘で打ちつけておく。いくら空中から水分をとるといっても、うっちゃっておくのではなく、ときどき株ごと水につけてやる必要はあるそうだ。わたし自身はあまり育ててみたいとは思わないけれども。

ところで、このサルオガセモドキの属名はティランジアといい、現在確認されているのは約四〇〇種。（属名はスウェーデンの植物学者、エリアス・ティランズに基づく。）そして、ティランジアは根がなく、空気中から水分を摂取することから空中植物（エア・プラント）とも呼ばれている。

とにかく、根がないのだから、ティランジアは風の吹くまま荒野や砂漠をあっちへ転がったりこっちに転がったりしているわけで、その姿は見方によっては感動的でさえある。もともと、大地に根づこうという意思がないのだから、西部劇によく出てくるタンブル・ウィード(tumble weed)とはそれこそ根本的に異なる。（あれは箒草などキク科の草が風などによって根こそぎにされたものだ。）また、根無し草というのもあるが、これは浮き草のことであって、ただ大地に根を降ろしていないだけで、立派な長い根を有している。若いころ（わたしにも若いころがあった）、わたしは大地に根を降ろした生き方をしなくてはだめだとなんべんとなく父からいわれたものだが、もしティランジアの存在を知っていたら父もそうはいえなかったはずだ。

とはいうものの、風に吹かれるままに右へ左へと転がっているのはティランジアにとっては不本意かもしれない。引力さえなければ、空中植物の名に違《たが》わず空中をふわふわと浮遊していられるのだから。想像してみたまえ、髭のようなものや紐のようなものが花粉や胞子とともに無数に大気中を漂っているさまを。第一、根がなきゃいけないなんてだれがいったのだ？　根さえなければ、草や木だって好き勝手に遠くまで歩いていけるのだ。わたしは夢想するのだが、原初、植物はすべてふわふわと空中を漂っていて、あるものは木に付着し、あるものは大地に根を降ろし、あるものは水面に着水して生活するようになった。そして、どこにも根を降ろすことを拒否した一群がティランジアとして残ったのだ。根という器官は植物にとって進化した器官なのかもしれないが、そのぶん、世界は付着する対象に制限されてしまったのだ。

わたしはティランジアを人間にあてはめてそこから教訓めいたものを引き出すつもりは毛頭ない。ただ、ティランジアが空中をふわふわと浮遊している状態を想像してみると、胸がわくわくするのだ。すごいぞ!

リチャード・ブローティガンの家のドアの鍵穴の位置について

サンフランシスコのブローティガンの家の前に立つ人は、荒涼とした気分にとらわれるかもしれないね。

なにしろ、庭は荒れ放題。芝生はあちこち剝げ、みみずばれのような車の轍が何本も走っている。木らしいものといえば、ガレージの横に梨の木がみすぼらしく立っているだけで、なぜかその木の根元には掘りかけの穴があって、スコップが放り出してある。その上、あふれた郵便物がポストの支柱のまわりに犬の糞のように散らばっている。……こうした風景はことさらに珍らしいものでもないだろう。そして、わたしの関心もそこにはない。

わたしは暮れから正月にかけてずうっとブローティガンの詩集を読んで過ごしたのだが、かれの家のドアの鍵穴のことが気になってなかなか先へ進めなかったのだ。

ブローティガンの家のドアは鍵穴がノブの所にない。この家を訪ねてきて、留守で、しかも鍵穴が見つからないと、苛立ってドアを蹴飛ばす者もいたが、鍵穴は実はその爪先の所にあったのだ。つまり、その家のドアの鍵穴は床から二、三十センチの高さの所にあるのである。単なる工事のミスかもしれないが、海象《セイウチ》のようなブローティガンが巨体を折って鍵穴に鍵を差し込んでいる姿は想像するのが難しい。

その家の正面はポーチになっているが、酔っぱらって外出先から帰ってきたブローティガンがポーチの床の板にすわりこみ、ポケットから鍵束を取り出して、鍵穴に鍵を突っ込む姿が目に浮かぶ。だとしたら、それはきわめて人間工学的な設計だということになるが、そのことを本人に直接確かめようと思っている矢先にブローティガンはエアメールもとどかない所へ行ってしまったので……。
奇異に聞こえるかもしれないけど、ブローティガンの家のドアはかれの文学そのもののような気がするのだ。声高に自分の思想を述べることを厭《いと》い、むしろ言葉自身をして物語らせた詩人・作家リチャード・ブローティガンには低い位置の鍵穴がふさわしいと思うのである。

(『スウェーデン美人の金髪が緑色になる理由』一九九一年書肆山田刊)

詩集〈木と水と家族と〉から

初雪

川に釣り糸をたれていると
気温が急激に下がり
川面から水蒸気がたちのぼるとともに
暗い空から白いものが落ちてくる

竿につもる雪
ぴくりとも動かない浮子
鳥も鳴かないし銃声もしない

家族や友人たちの顔をひとつずつ思い浮かべながら
つめたいサンドイッチをほおばり
コッヘルで湯をわかし
熱いコーヒーをすする

家にとじこもってばかりいては
なんにも経験できないよ
川に落ちてぬれ鼠になったり
とつぜん詩の一行がひらめいたり

こんな日もあるさ
かじかんだ手をポケットにつっこみ
つもり始めた雪を靴先で蹴りながら
家路につく

ガッツのある男――チャールズ・ブコウスキー追悼

ブコウスキーが死んだ
酒ではなく
腹上死でもなく
白血病で
醜男で
タフで
酒と女とギャンブルに沈潜した
ゴリラのような大男
「二日酔いが
おれの常態さ」

チャールズ・ブコウスキー！
ロシア人かポーランド人のような
名前だけど
二歳のとき
ドイツから
アメリカへやってきて
以来、ずっと
――死ぬまで――
ロスアンゼルスに住んだ
ニューヨークやサンフランシスコで
ビートたちが華々しく活躍していたとき
ロスアンゼルスで郵便物を仕分けし

配って歩いた
「おれはビートではない
　パンクだ」

金さえくれれば
大学でもレストランでも怪しげなバーでも
どこへでも出かけていって
詩を読んだ
しらふで
あるいは酔っぱらって――
終ると
聴衆や主催者を誘惑した
ベッドへ

五十歳から書き始めて
五十冊の著書を残して
七十四歳で死んだ
遅れてやってきたビート
（作品は『ビート・アンソロジー』に入れられ

かれが死んだとき
もっとも悲しんだのは
ビートたちだった）
放り投げられても
鳴りつづける屋根の上のラジオ*のように
ガッツのある男だったよね
いまごろは
天国のバーで
酒くさい息をはきながら性懲りもなく女たちに言い寄っ
　ているはずさ

＊チャールズ・ブコウスキーの詩「ガッツのあるラジオ」参照。

（『木と水と家族と』一九九六年ふらんす堂刊）

詩集〈甘い水〉から

カワセミを見た日

小春日和の一日
川面の浮子《うき》を見つめていると
サギがやってき
セキレイがやってき
それから
とつぜん
カワセミがやってきた
枯枝にとまってじっと水面を見ていると思ったら
いきなり
急降下し
川に飛び込んだ
それを何回かくり返したのち
きたときと同じように
とつぜん
飛び去った

魚がとれないのはきみばかりじゃないよ
竿をしまうと
わたしは帰途についた
満ち足りた気持ちで

大鰻をつかまえた日

空を鉛色のシーツがすっぽり覆っていた夏のある日、兄と篠原池に出かけた。掌に乗りそうな、勾玉の形をした翡翠色の池さ。だけど、そこではついに魚の形を見ることができなくて、ぼくらは山の田んぼの方へ移っていった。泥鰌ぐらいとれるだろうと。

そして泥にまみれて、数時間、熱心に網をふりまわしてみたけれど、小さな沙魚がやっと数匹とれただけだった。

夏だというのに蟬の声も聞こえず、蜻蛉の影もなく、田んぼにはつめたい霧が流れていた。唇は桑の実のように紫色に変色し、脛には黒い蛭が無数にしがみついてぼくらの赤い血を吸った。

夕暮れの蟻のように疲れはて、家が恋しくなってきたとき、遠くで大きな歓声があがった。からみつく泥に足をとられながら声の方へ急ぐと、兄がくねくね這いまわる鱗のない丸太と格闘していた。初めてみる大きな鰻だった。

どうやってつかまえたのか覚えていない。

気がつくと、大鰻がぼくらの網に入っていたのだ。ぼくらは、田んぼのまん中で泥の顔を見合わせてにっこりした。そのとき、空を覆っていた鉛色のシーツがさあーととり払われ、霧も消えて金色の光の矢が斜めにぼくらの上に降りそそいだ。

生涯であんなに誇らしげだったことはなかったね。

ぼくらは、大鰻の盥をもって町内を練り歩いたのだ。王様のように。あとには子どもたちが家来のようにぞろぞろとつき従った。

だけど、家に着いたときは盥のなかは透明な水が静かにゆれているだけだった。町はずれの橋を渡っているとき、大鰻は突如鳥のようにはばたいて流れのなかにどぶんと飛び込んでしまったのだ。

渓《たに》とジャズと木苺——ある交遊の記憶に

なつぐもや甘き水には甘き魚　ズボン堂

朝、目覚めると、世界は雨期だ。ぼくらは釣宿のふとんのなかで雨が軒のトタンを激しくたたくのを聴いている。ぼんやりと。枕元には釣具と弁当と歳時記。

犬や猫がふりつづく。ぼくらのなかに雨男がまぎれこんでいるらしい。だけど、午前十一時、突如、雨があがる。そして、風が霧を山の上へ押し上げると、太陽が顔を出す。奇跡のように。

渓《たに》はなにが飛び出すかわからない書物だ。本のページをめくるように、ぼくらは渓を上がっていく。甘い水の甘い魚たちに会いに。顔や手にまといつく蜘蛛の巣を払いながら。

蜉蝣がつぎつぎと羽化し、水面から飛び立つ。すると、魚たちがさかんにジャンプし、捕食する。ぼくらは呆然としてそれを見ている。さらに、翡翠がそれを捕獲するさまを。

魚たちはいつも釣師よりほんの少し賢明だ。すなわち、ぼくらがかれらを見つけるよりもずっとまえからすでにかれらはぼくらを見つけているのだ。ぼくらにできるのは幸運を祈ることだけ。

水の精にふぐりを喰いちぎられた男の話をしながら渓を上がっていくと、いきなり川のなかから大男が現われ、釣魚許可証をみせろという。そして、ふたたび川のなかへ消えていく。首をふりふり。

渓の斜面に木苺の藪を発見。ぼくらは釣竿を放り投げると、藪に突進して木苺をむさぼり喰う。果汁の官能にしとどにまみれて。そして、いまや、ぼくらの魚籠は木苺でいっぱいだ。

太陽はぼくらの頭上にある。ぼくらはじゃぶじゃぶと川へ入っていっていっせいに水をかけ合う。子どものように。それから、頭から水をしたたらせながら川のなかで大笑いする。

もしも川がウィスキーだったらと夢想しながら、ぼくらは河原の石に腰をおろしてフラスコのウィスキーをすする。ぼくらの肩先で高鳴るジャズ。五月の風と光のなかでぼくらは虫のように幸福だ。

（『甘い水』二〇〇〇年スタジオ・ムーブ刊）

詩集〈エルヴィスが死んだ日の夜〉から

二十世紀最後の夏はこんな仕事をした

背中を朝陽に灼かれながら港町の長い坂をのぼっていくとき、わたしはいつもマサチューセッツ州ロウエルの夏の早朝に職場に向かう鉄道員のような気持ちがした(「アイルランド娘と結婚して、子どもをたくさんつくるのだ」)。サンドイッチと林檎の入ったバスケットと、大きなコーヒーポット。坂の五合目あたりで野球帽の鍔の位置をなおすと、頂上まで一気に駆け上がるのがつねだった。旧式の蒸気機関車のように。

丘の上には女学校の校舎がけもののようにひっそりうずくまっていて、わたしを待っていた。足取りも軽く、わたしは重い鉄の門をおしひらいて歓声もコーラスも興らない夏休みのキャンパスを歩いていった。草や木に(鳥がいれば鳥にも)声をかけながら。正面の扉をあけるときは、いつも緊張したものだ。得体の知れぬものが飛び出してくるような気がしたのだ。わたしは呪縛された数百の窓をひとつひとつあけて歩いた。校舎は新鮮な空気を肺いっぱい吸いこむと、古い空気の塊をぷっと吐き出した。そして、ぶるぶるっと身を震わせた。床に薄くつもった埃たちがマリンスノウのように舞い上がった。わたしは杖を持たない魔法使いだったのさ。床でねむりこけている虫たちを一匹一匹起こして歩くのは、実に楽しかった。驚いた虫たちは、あわてふためいてころんだりぶつかったりした。

朝、全部の窓をあけ放ってしまうと、わたしには夕方までもうすることがなかった。真夏の太陽のもと、わたしは影をひきつれてテニスコート脇のヒマラヤ杉に向かってたち芝生をゆっくり横切っていった。驚いて飛び出すばったたち。ヒマラヤ杉の木の下に横たわると、蝉時雨をあびながら流れる雲を追いかけたり遠くの塔をぼんやりながめたりした。それから、脚を組んで瞑想にふけったものだった(ある日は霊感の雨にぬれ、ある日は悪魔に追いかけられて兎穴に片足を突っ込んだ)。そうして、坂の上の女学校に夕暮れが訪れると、ギンズバーグの長い詩を暗誦しながらあけ放たれた窓をひとつひとつ閉めて歩いたのだった。放縦な虫と埃と空気にふたたび呪いをかけながら。

エルヴィスが死んだ日の夜

エルヴィスが死んだ日の夜
ゴールデン街とよばれる前の
新宿・花園町の
バラック小屋のバーの
ぐらぐらする地軸のとまり木の上で
新鮮な酔っぱらいがきたら帰ろうと思いながら
朝まで
エルヴィスのレコードに耳傾けてすごした
エルヴィスのファンだという
ほうまんなママさんと。

エルヴィスの話など少しして
だがぼくらの間には何事も起こらなかった
トリス・ウィスキーのハイボール
の味も値段もとうに忘れてしまったけれども。
ぱくぱく
夏の夜明けのきはくな大気呼吸しながら
鳥たちが散歩する引込み線のレールの上を
ぴょんぴょん駅に向かって歩いていった
そして一番電車にゆられて家へ帰り着いたのだけど
エルヴィスの歌声がいつまでも頭のなかでひびいていて
寝つかれなかった
初めてハートブレイク・ホテル聴いた遠い少年の日から
壁にごつごつ頭うちつけながら漂流する中年の棒杭の日
　までを
ベッドのなかで反芻した
恋も仕事もうまくいかないのは
血管にごちゃごちゃつまっている観念の切れっ端のせい
　かもしれなかった
レコード・コレクションを焼却する夢

にゆさぶられていると
枕頭の電話器のベルが鳴って
もう若くはないのだからと
くぐもった声がいったのだった

ケルアックが死んだ日のことはどうしても思い出せない
くせに
さ

浅草・神谷バー――追悼・辻征夫

どんな国際ニューズよりも
天気予報が気がかりだった
鮎川信夫「競馬場にて」

三十歳で定職がないというのは
すこし悲しかった
朝ごとに
窓の外の天気を見つめて
馬場状態を想像した
そうして浅草に出かけていくのだが
雷門の前のがらんとした神谷バー
の窓辺の椅子には吟遊詩人がぼんやりすわっていて
その日のレースの予想を始めるのだった
ビールの泡をのみながら。
もうもうと埃舞う場外馬券売場まで
二匹のぼうふらのようにふらふらと
そして
窓口の前ではいつもパスカルのように苦悩した
ビール代と電車賃と配当金の黄金分割がむつかしいのだ
そうしてふたたび神谷バーの窓際の席でホップ酒をのみ
　つづけるのだが
おどろおどろしい名前の褐色の飲料が
食道を流れくだることはめったになかった
感電するといけないから。
ひと気のない午後の酒場の泡立ち飲料は
実をいうと
苦艾のように苦かったのだ

（いまごろみんな額に汗してはたらいているんだろうなあ！）
若いんだからはたらかないとだめよ
そうしてみんな一人前になるんだから
酒場のおねえさんからやさしくいわれてみても
半人前の人間は口をつぐむしかなかった
鵜のように。
予想はいつもてんで当たらなかったし
ぼくらの未来はレースのようには読めなかった

尾形亀之助はそうとうへんなひとだと思う

尾形亀之助には定まった仕事はないらしくて
いつも昼ごろのそのそ起き出すと
（ぐずぐずと夕方まで寝床のなかで過ごすこともあった）
顔も洗わず
納豆と豆腐と味噌汁の朝飯を
ゆっくり食べた

（なにも食べないこともあった）
それから机に向かうのだけど
なにを書くというのでもなく
ただぼんやり煙草をふかしながら
なんとなく庭の椿や隣家の生垣をながめているのを見て
いつもの所にいつもの雲が浮かんでいるのだった
どうして空は青いのか考えてみるのだが
わからなかった
そうこうするうちに
（原稿用紙の桝目は白いまま）
室内は暗くなっていたので
さびしくなって
裸電燈をつけた
（暗闇のなかにじっとすわっていることもあった）
夕食は
塩鮭と白菜の漬物
牛乳をのむこともあった
夕食が終われば
あとはねるばかりなのだが

ねむり方を忘れてしまって
天井のしみをいつまでも見つめていることもあった
おれはもう四十一歳になるのだ
と亀之助はあらためて思った
それにおれが詩人だなんてことは
なんの役にもたたないのだ
すこしずつ食べる量をへらしていけば
いつか餓死できるかもしれない
とぼんやり思った
鶏が遠くで鳴いた
子どもを叱る声がすぐ近くでした
そして
雨戸の節穴から朝の光が斜めに射し込んでいるのだけど
目覚めているのか夢を見ているのか
はたまた生きているのか死んでいるのか
亀之助にはもうわからないのだった

未明のベッドのなかで

未明のベッドのなかで
パジャマのズボンの裾がぬれているのに気づくことがある
ももとふくらはぎの筋肉の緊張からすると
ずっと水のなかを歩いてきたらしい
足場のわるい所を。
顔に粘着性の物質が付着しているから
狭隘な場所を通りぬけたのかもしれない
手を鼻の前へもっていくと
生ぐさいので
きっと生き物をなん度もなん度もつかんだのだと思う
顔がほてって
喉がかわくのは
強い日差しのなかに長時間いたからだろう
かすんで見える外界
をもっと見ようとすると猛烈に目が痛むのは
おそらく動くものにずうっと焦点を合わせつづけたため

だろう
頭からすっぽりシーツをかぶせられたように
身動きもできず
しいて動こうとすると
全身の筋肉がぎしぎしきしむ
とりわけ腕の二頭筋と三頭筋が。
たぶん同じ動作を幾度となくくり返したのだろう
たとえばあまり重くないものをふりまわすような単純な
　動作を。
それでも
瀬音と木々の葉ずれの記憶や
あたたかいものが胃のあたりにあって
しあわせな気分だ
たとえパジャマのズボンの裾がぬれ雑布のようにぬれて
　いるとしても

未明に訪れる者よ

詩を書くことに疲れてベッドに横になろうとする時刻、枯葉を踏む音がまっしぐらに近づいてくるのだ。男の家に向かって。はるか遠方から。

そして書斎の窓から大きな頭部をさし入れると、机の上の書きかけの詩稿を読み始めるのだ。熱心に。かれはそのために遠い道のりをやってくるのだ。夜ごと夜ごと。そうして、読み終えると、ふたたび帰っていくのだ。森の奥へ。

詩を書くたびに、男はいつもすこしかなしくなるのだった。いくら書きつづけてもけして読まれることがないのだと思うと。でも、と男はしあわせな気持ちで思い返すのだ。いま、わたしには読者がいるのだと。世界でただ一人の大きな頭の読者が。

この朝、男は書きかけの詩稿の上に顔をふせたままぐっすりねむり込んでしまった。昼間の疲れで。しかし、かれは男が目覚めるのをじっと待つのだった。窓のそとで。しかし、金星が東の空に消える前に、ひっそりと帰っていった。森の奥へ。

かれは何者なのか。男にはいっさい不明だ。その姿を一度も見たことがないので。ただその存在を確かに感じることができるだけなのだ。詩稿のしみと、あとに残された強烈な体臭とによって。

贈物として差し出された一日

仕掛け一式を家に置いてきてしまったので
丈の高い草の川原を歩きまわって
ズボンとセーターに草の実をいっぱいくっつけた
サイケデリックな模様のように
そして
風がちいさく渦巻く窪地にしゃがんで
虫のつぶやきや鳥たちの演説に耳をすました
一対の眼球は葛の花の紫色と薄の穂の銀色に驚愕した
歩き始めると
鼬《いたち》が足元から飛び立ち
雉子《きじ》が浅瀬を渡っていった
元へ
雉子が足元から飛び立ち
鼬が浅瀬を渡っていった
少年たちが水たまり《プール》にくり返しルアーを投げてひき寄せ
　る姿が遠くに見えた
空には鳶がゆっくり舞っていて
首が痛いと告げるまで見上げていた
葦の間に葦切《よしきり》の巣を見つけた男が歓声をあげるのはもう
　すぐだ

（『エルヴィスが死んだ日の夜』二〇〇三年書肆山田刊）

詩集〈ジャズ・エイジ〉から

序詩

図書館の固い椅子の上で
エリオットやパウンドやウィリアムズを読んでいたきみ
は
（もちろん、ホイットマンやディキンスンも）
英文学者となった
講師、助手、助教授、教授と
一段一段
ゆれる縄梯子をのぼって行って。
棒杭のように
渋谷や新宿のジャズ喫茶を漂流し
夜は安酒屋や立ち飲み屋で苦い酒を呷っていたわたしは
詩人になるしかなかったのだ
ギンズバーグという毒入りハンバーグを齧ったので
ビートニクになるしかなかったのだと

5

チコ・ハミルトン
ルイ・アームストロング
アート・ブレーキー
リー・モーガン
セロニアス・モンク
エリック・ドルフィ
アート・テイタム
ジャッキー・マクリーン
M・J・Q
ジョン・コルトレーン
マイルス・デイヴィス
クリフォード・ブラウン
レイ・ブラウン
ソニー・ロリンズ
チャーリー・パーカー
オスカー・ピーターソン
キャノンボール・アダレイ

オーネット・コールマン
キース・ジャレット
マッコイ・タイナー
デューク・エリントン
クインシー・ジョーンズ
チャーリー・ミンガス
グレン・ミラー
ジャック・ティーガーデン
デイヴ・ブルーベック
リー・モーガン

8

――なんでジャズなんかやるの？
――自由になれるからよ
　サックスを吹いていると
　背中に羽根が生えてくるのよ

10 〈ニューオリンズ〉

いつだったか
海賊の海で生まれたハリケーンが
メキシコ湾を襲って
ニューオリンズの町が水面下に沈んだとき
フレンチ・クォーターの一角に流木が集まる場所があって
近づいてみると
ぶつぶつの鰐たちだった
そこはプリザベーション・ホールの真上で
昼と夜の二回
デキシーランド・ジャズの演奏が行われるので
集まっているのだと
土地の者の話では
風がいいと
数マイル離れた町の外まで
懐かしいメロディが水の上を渡ってくると

18

せいせいしたよと
〈若年寄〉
自慢のレコード・ライブラリーをそっくり
（千枚以上あった）
地元の図書館へ寄贈したのだ
もっと早く処分すればよかったよ
そうすれば
もっとましな人生を送れたかもしれないと

20

わたしの葬儀にはジャズを流してくれ
とびきり陽気で滑稽な奴を
なんて人生だったのだと
げらげら笑いながら河を渡って行きたいので

21

戒名はいらないよ
漂流院泥んこ棒杭居士と

（『ジャズ・エイジ』二〇一二年花梨社刊）

俳句抄

夏、丹沢にて

なつぐもや甘き水には甘き魚
肩先でジャズ高鳴るや夏の渓
辻征夫に
こわごわと蚯蚓にふるる釣師かな
井川博年に
お静かにつめたき山女魚の棲む所
八木幹夫に
明けやすき夜や待ちかねて草鞋履く
もじやもじやの夏のふぐりは喰はれけり
行く夏や馬の流るる川にゐて

（「俳句研究」一九九四年九月号）

路上忌

梅雨空やはやケルアックの行年《とし》を過ぎ
さむざむと墓石はありぬ芝の中
初雪やケルアックの墓に二、三片
枯枝やりすをくわえし烏猫
ウィスケを供えて去らむ冬の墓
路上忌や今夜は少し千鳥足
初雪やアームストロングの町なるぞ
長き夜やサマータイムの終わりけり
天高くボストン湾のヨットかな

ボストンの貝くらう日秋深し
（「樽」十四号、一九九二年八月）

永き日――病床二十二句

長旅の覚悟もなくて春の宵
蝙蝠も飛ばずに春の手術台
目覚めればＩＣＵの余寒かな
点滴の色やはらかく春の色
春の夜の溲瓶の音のなつかしき
複数の管ぶらさげて雛祭
ホチキスの跡ほんのりと春の色
病む人に乗込鮒の頃となる
食べ物の夢を見てをり春の闇
便所まで芋虫のごと春の夜
春暁の廊下に痛みうずくまる
排尿のたび声あぐ春の鬱
春暁や魂ひとつ通りけり
脚まげて夜明け待つ身の余寒かな
春愁や布団の裾から足二本
永き日や歩行訓練くり返す

永き日や退屈虫とすごしけり

春陰やひつそりと来る見舞客

ゆるゆると尿を出しをり春の午後

春の日はなかなか暮れず爪を切る

病人の顔で退院春の服

帰宅してまづ放屁する春の午後

癌と老い

いまや時代後れといわれそうな、癌と老いなんて表題をかかげたのは、この春、三週間も入院生活を余儀なくされたから。

入院が決まったときは、とにかく文庫版の山本健吉『基本季語五〇〇選』だけは持っていこうと心に決めていた。この際に歳時記を徹底的に精読しようと思ったのだ。

正解だった。

手術後は、体力だけでなく集中力もなくて、まとまったものは読めなかったからだ。そういうときは、ストーリーのない、どこからでも読める書物がいいのだ。

ベッドの上で『五〇〇選』を読む生活が始まって気づいたのは、病院が意外と騒々しいこと。昼夜、どたどた走りまわる靴音とぺたぺた歩きまわるスリッパの音、ガラガラいうキャスターの音、ブザーの音、電話のコール、病院のアナウンス、物の落ちる音、ぶつかる音、こすれる音、ころがる音、転倒する音、ベッドの軋む音、溲瓶に放尿する音、くしゃみ、咳、欠伸、私語、独語、寝言、ため息、吐息……。

『五〇〇選』を読んでいると、頭の上の方で秋桜子の声がした。俳句もつくらないひとが俳句のことをあれこれいうのはいかがなものか……、と。

手帳に俳句のごときものを書き始めたのは、そんなわけだった。その数、退院後かぞえたら九十数句に及んでいたというわけ。やれやれ。

『石田波郷読本』の差し入れは、プレッシャーだったなあ。病気と俳句なんてことを考えたのも、波郷という亡霊のせいかもしれなかった。

波郷の時代、病気といえば結核だった。しかし、結核が不治の病でなくなったいま、それにとって代わるのは〝癌〟なのだろうか。しかし、ちょっとちがう、とわたしは思う。

医学が発達した現在、かつての結核にとって代わるのは〝老い〟ではないかと思う。まだまだ不治の病も残っているけれども。

能天気な駄句を書いているわたしだけど、手術の前はインクのように青ざめていたそうだ。全身麻酔というのは、正直にいって、恐かったね。一瞬、遺書を書こうと思ったほど。ほんとだよ。ＩＣＵで意識がもどったときは、ほんとにうれしかった。この気持ちは経験したひとでないと、ちょっとわからないと思うね。

年寄は風邪引き易し引けば死す　　草間時彦

（「俳句研究」二〇〇五年七月号）

雨季と昼寝とやさぐれと

雨季のある国に生まれて森茉莉忌

KISSにがしプールの底の忘れ靴

永き日を煙突のぼる蜘蛛男

守宮の鳴かぬ国なり吟行会

公魚や祈る姿で釣られけり

天道虫昼寝の鼻に天下る

天道虫あしたのことは知らないよ

還暦や無名にして冬うらら

やさぐれてどうでもいいや去年今年

どうにもならないことはどうにもならないさ小鮎よ

（「WEP俳句通信」二十七号、二〇〇五年八月）

ミシンと蝙蝠傘

晩春の尻尾の先が見えないの

青春のキャベツの玉が重かつた

青春のボートの夜など知りませぬ

晩春といへば薄毛が心配で

恋猫よ夜中にくるのはだれですか

ずぶ濡れのプールの底の五円玉

冬の島どこもかしこも海ばかり

襁褓して街に出にけり秋立つ日

クリスマス老人ふぐりぶらさげて

ぐちやぐちやがぐちやぐちやのまま十二月

（「俳句界」二〇一〇年十月号）

また一枚ほか

また一枚診察券ふえて春

患者から飴玉もらふ春日中

春の雪歯科医の椅子の静かなる

春深し憂ひ顔なる精神医

歯科内科耳鼻科精神科春の暮

（「俳句界」二〇一四年五月号）

散文

サッカー賛歌――ファンタジスタの詩学

いま、仕事が手につかず、ねむれない夜を送っている世界中の数十億のひとたち。あと一カ月たたないと、かれらに平安な日々は訪れることはない。ドイツでサッカーのワールドカップが行なわれているので。

それにしても、なぜ世界はかくも《球ころがし《サッカー》》に熱中するのだろうか。

⚽　⚽

赤バットの川上、青バットの大下、さらに王・長嶋のプロ野球黄金時代に育ったわたしをサッカー・ファンへと転向を促したのは、一九九三年のJリーグの発足だった。それまでサッカーに興味をもたなかった野球ファンが、気がつくと熱狂的なサッカー・ファンになっていたのだ。

サッカー・ファンになって困ったのは、周囲に仲間が一人もいないことだった。四面楚歌。騒々しい野球ファンにとり囲まれて、話し相手もいないわたしは、いつも孤独感を苦く噛みしめるしかなかった。チュウイングガムのように。

一人だけ例外がいた。公式審判員の資格をもつ詩人の藤富保男だ。

足にボールをのせない
まず風景をゆっくりのせて
ボールで足をける
空中に体をあずけるように走る

（藤富保男「サッカー」部分）

さっそく藤富さんに手紙を書くと、「ボールをもっていないプレーヤーの動きに注意せよ」と励まされた。

もう一人、昔、フットボーラーの作家がいた。アルジェリアの大学／クラブでサッカーに熱中したアルベール・カミュだ。かつてかれはいったものだ、「およそモラルというものについて、私はそのすべてをサッカーから学んだ」と。貧しい家に生まれ育ったカミュは、ゴールキーパー以外のポジションは許されなかった。走りまわると、靴底がすり減るという理由で。

それにしても、とわたしは考えるのだ。いったい、サッカーのなにがそんなにわたしたちを魅了するのだろうか、と。

サッカーは、単純なスポーツだ。

ボールを蹴って、相手のゴールに入れればいいのだ。道具もいらない。

ルールもおそろしく単純で、とりあえずハンドとオフサイドを知っておけば充分。オフサイドを説明するのは案外むずかしくて、要は卑怯な〈待ち伏せ〉をしてはいけないということ（「オフサイドして勝つよりは負けた方がましさ」というのがフットボーラーの気持ちなのだ）。高校時代、隣りのクラスに二メートル近いのっぽの男がいて、クラス対抗のバスケットボール大会でぼくらはいつも口惜しい思いをした。のっぽのかれがリングの下に立っていて、ロングパスを受けるとひょいと腕をのばしていとも簡単にボールを籠に入れてしまうのだ。

サッカーは、体格だけで勝負が決まらないのがいいね。

足ほど意のままにならない身体の部位はない。

あえて器用な手を封印し、不器用な足を主役にした所が、サッカーの面白さだと思う。しかも、その足はボールを蹴り、ピッチを走りまわるだけの足ではない。もっとも遠い頭と一緒になって、瞬時に最適の行動をとる所の〈考える足〉なのだ。

創造性のないものはサッカーとはいわない、と元スーパースターの日本代表監督のジーコはいう。自分で考え、わたしを驚かせてほしい、と。

前監督のトルシエは組織を重視し、プレーヤーたちを枠にはめようとした。

組織を重んじるトルシエをヨーロッパ流とすれば、個人技を重んじるジーコはブラジル流というふうにいえるかもしれない。

ジーコがいうように、サッカーでは自主性と創造性が物をいうのだ。つまり、命令や指示に従うのではなく、個々のプレーヤーが自分で考え、自分で判断し、自由に発想することが重要なのだ。野球やバレーボール、バスケットボールなど、タイムアウトがとれ、監督／コーチが試合中にプレーヤーに指示を出せる競技と異なって、サッカーではひとたびゲームが始まれば、監督／コーチが指示を出すことはほとんどできない。

プレーヤーはたえず変化してやまない状況を瞬時に正確に読んで、一瞬一瞬、適確に判断しなければならない。パスか、ドリブルか、シュートか、を。それも、す早く。

上意下達の全体主義の国ではサッカーが強くならないのは、国民一人一人が自分の頭で考え、判断する習慣が根づいていないからだという声もあるほどだ。

⚽　⚽

華麗なパスまわし、豪快なシュート、鉄壁の守備陣を切り裂くドリブル……サッカーの魅力にはさまざまなものがあるけど、それらを一身に体現しているのがファンタジスタ（幻想を生む人）と呼ばれるプレーヤーだ。

ファンタジスタというのはつねに予想もつかぬ創意と想像力にみちたパフォーマンスを見せるプレーヤーのこと。今回のワールドカップにも綺羅星のごとくすばらしいファンタジスタが登場するけど、衆目の一致する所のナンバーワンはブラジルのロナウジーニョだ。本名、ロナウド・デ・アシス・モレイラ。一九八〇年生まれの二十六歳。ブラジル人の名前は長いものが多くて、ジーコ（ちび）の本名はアルトゥール・アントゥネス・コインブラ。ちゃんといえる者はサッカー・フリークのなかにもあまりいないんじゃないか。

「ゲーム中に考えている余裕はないよ」というロナウジーニョ。あの華麗なプレーは一瞬一瞬のひらめきなのだ。

それにしても、ロナウジーニョの技のなんて眩惑的なこと！　たとえば相手の頭をひょいと越えてしまうシャペウ（帽子）という技、右へ行くと見せかけて左へ行くエラシコ（ゴムひも）という技。ディフェンダーたちを翻弄し、置き去りにする〈魔術師〉ロナウジーニョの華麗なパスやドリブルを見ているだけで、わたしたちは幸せな気分になるのだ。

常識にとらわれない自由な発想、一歩先も読めない自在な展開、飛躍、多彩な技、高い身体能力、強靭な精神力――ロナウジーニョの独創的なプレーは、まさに詩だ。詩を書く人間の一人としてロナウジーニョのプレーのような詩を書きたいと思う。マニュアル化できない、常識や社会通念にとらわれない独自な発想と変幻自在な展開の詩を。ロナウジーニョのプレーに自由詩(現代詩)のありうべき姿を見るのは、わたしだけだろうか。

⚽　⚽

一九五四年のワールドカップでハンガリーに勝った西ドイツのロッカールームはけしの花の匂いがしたという。願わくば、わが日本代表のロッカールームがいい薫りでつつまれんことを。

長らく野球ファンに囲まれて疎外感に苦しめられていたわたしだったけど、つらい日々はようやく終わりを告げた。一人娘がサッカー・フリークの青年と結婚したのだ。よかった。

＊二〇〇六年のドイツ・ワールドカップに際して書かれた文章だけど、これまで発表の機会をえなかった。

正岡子規という生き方――俳句の力

NHKの大河ドラマ「坂の上の雲」を初めてみた。旧臘十二日のこと。軍人の話らしいので敬遠していたのだけど、新聞のラ・テ欄に「子規、逝く」と出ていたので。

子規役の香川照之が明治三十三年撮影の病床の子規にあまりにも酷似していたので、びっくりした。十キロほど減量した由で、役者魂を見た思いがした。

正岡子規には昔からなんとなく好感をいだいていた。十年ほど前、俳句の研究を志したとき、最初に読んだのが『去来抄』や『三冊子』と並んで子規の『俳諧大要』や『病牀六尺』『墨汁一滴』『仰臥漫録』だった。その理由は、近代俳句が正岡子規から始まったという知識だけではなかったような気がする。そこには正岡子規という人間の生き方が大いに与っていたように思う。

だれもが指摘するのは、晩年、長らく病床にあったにもかかわらず、子規が「短い生涯を楽しんで生きた」

（坪内稔典『正岡子規の〈楽しむ力〉』NHK出版）ことだ。いつだったか、作家の関川夏央が子規庵で小学生たちを相手に子規のことを話すNHKの番組があって、そのとき、関川さんは子規って病気だったのに、ぜんぜんそんなふうでなくて、けっこう毎日楽しそうなんだよね、というようなことを語った。小学生たちはちょっとびっくりしていたね。

そうした子規の生き方は、むろん、明治という楽天的な時代背景も無視できないけれども、樋口一葉や石川啄木、二葉亭四迷などの文学者たちと比較した場合、やはり子規の性向のしからしめる所が大きかったのではないかと思う。さらに、俳句という文学の持つ力も大きかったのではないかと。

回覧雑誌から始まって、漢詩、演説、ベースボールなど、たえずなにかに熱中していた子規だけど、最終的に行き着いた情熱の対象は俳句だった。そして、俳句だったのが子規にとってきわめて幸運なことだったと思う。いわば一瞬の集中力が重要な、最短詩型の俳句は、病気の身にもじゅうぶんひらかれていたので。それ以上に、滑稽や諧謔の精神《エスプリ》、さらに対象をつき放して見るという俳句の特性が子規の精神を自由で、風通しのいいものにしたにちがいないのだ。もし俳句に出会っていなかったら、子規の晩年はもっと暗くて惨めなものになっていたのではないかと思う。それこそ、まさに、俳句の力ではないか、と。さらにいえば、座の文芸である俳句は、連衆や読者にひらかれていて、個の独善という陥穽に落ち入る危険も少ないのだ、と。事実、子規庵には毎日入れ代わり立ち代わり訪問客があった。それには子規のオープンな性格も大いに与っていたけれども、人と人との関係を重んずる、座の文芸ならではの現象だった。

正岡子規といえば、なんといっても写生。

ネンテンさんもいう、「斎藤茂吉は、〈子規の文学は一つの写生だと謂ふことが出来る〉（岩波講座日本文学『正岡子規』昭和六年）と述べたが、たしかに子規の文学は、俳句も短歌も文章も、写生を基礎にしていた」（坪内稔典『子規とその時代』沖積舎）と。

子規が月並み俳句を排する戦略として提唱した写生は、その後、俳句界にひろく浸透していき、いまや生産される俳句の大部分は写生句だといった塩梅。子規の写生が俳句を新しくしたことは確かだけど、同時にそれを浅薄にとらえた俳人たちによって俳句が平板化された事実も否めないだろう。「碧梧桐の、いわば「主観」への過剰ともいえる逸脱に逆らうあまりに、「客観」の文字をわざわざ付け加えた意図は分る。それは分るが、同時に俳句大衆化への意向を重ねることによって、お稽古ごと向きの手法にまで格下げしたことは不手際だった。子規の「写生」の真意が見えなくなったからだ」（金子兜太「子規の「写生」」、「俳句」編集部編『正岡子規の世界』角川学芸出版）という意見にも耳を傾ける必要があると思うのだけど。

子規の写生は「他者へ開く方法の一つ」だったとするネンテンさんはいう、「個人の感情に他者への通路を開くこと。それが俳句や短歌、そして写生文で子規が求めたことだった。「われ」は他者に向かって開かれる」（坪内稔典『正岡子規　言葉と生きる』岩波新書）と。わたしが正岡子規に共感をいだく理由もこの辺にあるような気がする。

もうひとつ、ぜひふれておきたいのは、『松蘿玉液』『墨汁一滴』『病牀六尺』『仰臥漫録』（いずれも、岩波文庫）の文体。日々、日記のように書かれた文章。口語的で、難解な所が少しもないのはむべなるかな。虚子や碧梧桐や律による、口述筆記なのだ。晩年の子規は、起き上がることは疎か、腹這いになることもままならなくなったので。美文全盛の時代に、子規の、この口語的文章の持つ意味は大きいと思う。子規の随筆について、長谷川櫂はこういう（長谷川櫂「拙の文学」『正岡子規の世界』）。

子規の随筆を貫いているのは率直という一事である。相手が誰であれ、賞賛すべきは賞賛し、批判すべきは批判する。他者ばかりでなく、子規の筆は動植物にも自分自身にも及ぶ。そこには嘘偽りというものがない。それは子規がそう努めているのではなく、子規の資質がそうさせてやまないのだ。こうして随筆を書くとき、子規は自由自在にみずからの天分を発揮する。子規の読者は子規の文章というより、それを書いた子規そのものに感激するのだ。

なんとなく子規が好きな理由がだんだん少しずつ明らかになってきた。そうした子規の持って生まれた資質がまわりに人々を集めたのだった。かつて回覧雑誌、漢詩、演説、ベースボールに熱中した人は、楽しむということを知った人だった。実に、晩年には、病気さえ楽しんだ人であった。さらに、自分だけ楽しむのではなく、まわりをもその楽しみに巻き込んでしまう人だったのだ。

最後に、わたしなりの正岡子規十句を。

障子明けよ上野の雪を一目見ん
夏草やベースボールの人遠し
若鮎の二手になりて上りけり
六月を奇麗な風の吹くことよ
歌書俳書紛然として昼寝哉
薪をわるいもうと一人冬籠
柿くへば鐘が鳴るなり法隆寺
毎年よ彼岸の入に寒いのは
いくたびも雪の深さを尋ねけり
糸瓜咲て痰のつまりし仏かな

旧臘に属することなれど、〝四国スペシャル「子規と律」闘病七年兄妹の記録〟というNHK番組を見て、妹の律に強く関心を惹かれた。それで、律のことも書きたいと思っていたのだけど、余裕がなくなった。残念。テレビばかり見ている印象が強いかもしれないが、事実そうなのだから、仕方ない。

（未発表）

カフカ／ロバート・ブライ／俳句

1

俳句のような詩を書きたい。

2

カフカを読み直そうと思い立ってからすでに半年以上の時間が経過した。その間、電車のなかで読もうと思って、本棚から『城』や『ある流刑地の話』をとり出して何度か鞄に入れたものの、まだ一行目も読んでいない。そして、解説書ばかり読んでいた。なんのことはない。カフカのまわりをただぐるぐる歩きまわっていたのだ。『城』のKのように。カフカを読もうとすると、それだけでもう気持ちが沈んでしまうのだ。もしかしたら、わたしは大きな誤解をしているのかもしれない。カフカ本人はユーモアを愛する明るい性格だったという証言もあるし、「実存主義的カフカ観」から自由に、かれの小説をブラック・ユーモアやスラップスティックとして読むひとたちもいるのだから。

カフカの小説は再読を強いるとカミュはいったそうだが、思っただけで気が重くなるというのに、なぜわたしはたびたびカフカへ向かおうとするのだろうか。そんなわたしの疑問に対する答えが、二十年ぶりに再読したM・ブランショの『カフカ論』（粟津則雄訳）のなかにあった。啓示のように。すなわち、ブランショによれば、「カフカの主要な物語は断片であり、その作品の全体がひとつの断片であ」ったのだ。

3

ブランショを読んでから半年ほどたったある日、地元の図書館の棚でたまたま『世界のハイク』なる本を見つけてぱらぱらめくっていたわたしの目は、ある頁に釘付けになってしまった。わが国の俳句に影響を受けたアメリカの詩人としてロバート・ブライが紹介されていたので。ブライはわたしがもっとも好きなアメリカ詩人の一人で（もう一人はゲーリー・スナイダー）、二十年来、もっぱら、シンプルで短い詩を書く自然詩人として愛読してきた人物だった。たとえば、かれのこんな詩を。

老いた馬とすごした九月の夜

I

今夜、馬に乗って月明かりのとうもろこし畑を通った！
枯れかけた牧草がまだ残っていた、冬を待ちながら。
そして暗がりの雑草たちは待っていた、まるで水中にいるみたいに。

II

アラビアでは、馬たちは暮らす、天幕の下で、
秘密の財宝や水や墓の傍らで。

III

真夜中に月明かりのなかを歩くのはなんてすばらしいことだろう、
動物たちのことを夢見ながら。

俳句との類縁を頭にブライの詩をあらためて読んだわたしは、忽然と悟ったのだった。ブライの詩の魅力を。つまり、ブライの詩は断片的なのだ。かれの詩は、詩人は素材のピースをぽんと投げ出すだけで、あとは読者がピースを並べてジグソーパズルを完成するという仕組みなのだった。

いまにして、ブライを愛読してきた理由がやっとわかったというわけさ。

4

滑稽、挨拶、即興、季語、切れ、五七五、花鳥諷詠などなど、俳句の本質をめぐる議論がさかんだけど、俳句のいちばんの魅力は断片性にあると思う。それがここ何年か俳句のことを考えてきたわたしのひとまずの結論であって、断片性といういい方が気に染まないのなら坪内稔典にならって片言性といっていい。切れの問題はひと

まず棚上げにして、俳人たちが季語を手離そうとしない気持ちはわかる気がするけど、季語がなくても俳句が成り立つ場合があるのも否定できない事実だ。

いつせいに柱の燃ゆる都かな　　三橋敏雄

やっとカフカとロバート・ブライと俳句が断片性において一つの環になった所で、断片性について語る時がきた。

断片性とは完成しないということ。未完成ではない。非完成。ドイツ語でいうと、Nichtvollendung. ドイツの美術評論家アイネムがミケランジェロの遺作「ロンダニーニのピエタ」に対して使った評言で、「ピエタ」はミケランジェロの死によって完成しなかったのではなくてかれの思想によって非完成なのだ、と。

非完成とは、芭蕉にいわせれば、「言ひおほせて何かある」(『去来抄』)ということだ。同じことを高橋睦郎にいわせれば、「詩はブルシットなものではないということと、結論を出さなくていいということ、それをもうちょっと積極的に言うと、結論を出してはいけないのが詩」(「現代詩手帖」二〇〇一年十月号)なのだ。

一句は、実は全く「言い了える」ことはない。一句は、わが思いの方向、わが思想の志向をのみ提示する。方向のみ、志向のみであるから、わが思いは終らず、わが思いはより多方向に、つよく広がり込むことがない。(略)「完結感」が在らしめられ、そして絶対に「完結」して在ってはならぬのが一句・俳句である。

(阿部完市『絶対本質の俳句論』)

「完結感」は切れのことだけど、いまは「「完結」して在ってはならぬのが一句・俳句である。」というテーゼを確認しておきたい。

俳句のような詩を書きたいといったのは、すでに明らかなように、「言ひおほせ」ない、「「完結」し」ない俳句のような詩を書きたいという意味だったのだ。

考えてみると、長いこと、断片的なものに心惹かれて断片的なものばかり好んで読んできた気がする。リチャード・ブローティガンの『アメリカの鱒釣り』やロジェ・グルニエの『チェーホフの感じ』のような。その理由がわかってよかった。

（「俳句界」二〇〇三年九月号）

歩きまわる木たち
――サンフランシスコ・ポエトリー・ルネッサンス覚え書き

太平洋を渡ってきた風がロッキー山脈にぶつかって大量の雨をふらし、山沿いに鬱蒼としたアメリカ杉《レッドウッド》の森林をつくる。光と水と土と大気があれば植物は育つけれども、人間はそれだけでは育たない。人間が生きていくにはさらにもうひとつの土壌が必要だ。文化的伝統といった土壌が。

*

サンフランシスコ・ポエトリー・ルネッサンスのことを考えるときいちばん最初に頭に浮かぶのは、つぎの挿話だ。

一九五五年九月のある日、私はカリフォルニア州バークレーにある小屋の庭先で自転車を修理していた。

三カ月間、シエラネヴァダ山脈での山道警備員として働いて帰ってきたばかりのことであった。黒っぽいスーツを着た、なかなか立派な身なりの男が角を曲がってやってきた。男は私にあなたがゲーリー・スナイダーかと尋ね、自分はアレン・ギンズバーグだと名乗った。私がスーツ姿のギンズバーグを見たのはそれが最初で最後だった。私たちは一緒にお茶を飲んだ。彼は詩人ケネス・レックスロスのところから私に会いにやってきたのだが、サンフランシスコにいる詩人たちを何人か集めて、街の小さなギャラリーで詩の朗読会を開きたいと言った。

（ゲーリー・スナイダー／赤嶺玲子訳「ビート・ジェネレーションに関する覚え書き」）

サンフランシスコ・ポエトリー・ルネッサンスは、一九五五年十月七日夜のサンフランシスコの黒人街にあったシックス・ギャラリーの朗読会から始まった（そして一九六〇年の「ビアティテュード」誌の終刊をもって終った）というのが定説だけど、実際はギンズバーグが前年西海岸に出現したときに始まったのだ。ギンズバーグという薬剤が一滴たらされることによって、にわかに化学変化を起こし、詩のサンフランシスコ・シーンはいっきょに活性化し、顕在化した。それが、十月七日の朗読会だった。

たとえギンズバーグが出現しなくても、遅かれ早かれサンフランシスコ・ポエトリー・ルネッサンスは起こったと思う。ただかれの登場によってそれがいちだんと早まり、劇的に起こったのだ。

サンフランシスコをふくむカリフォルニア州は、東部の人間が考えるほど文化的に不毛な地ではない。温暖な気候に恵まれている上に、マーク・トウェイン、アンブローズ・ビアス、ジャック・ロンドン以来豊かな文学的伝統がある。清教徒的・アングロサクソン的な東部にくらべて、土着的・カソリック的な風土で、自由な気風とともに、IWW（世界産業労働組合）やアナーキズムの伝統もあった。サンフランシスコの南のカーメルにはロビンソン・ジェファーズが孤独な鷹のように隠棲していたし、その南のビッグ・サーには巨匠ヘンリー・ミラーが住んでいた（ケルアックは一度ヘンリー・ミラーに会いに出かけたが、途中泥酔してしまってついにミラーの所までたどり着けなかった）。さらに、ロサンゼルスにはオールド・ビートのローレンス・リプトンがいたし、〈ガッツのある男〉チャールズ・ブコウスキーが郵便局で郵便物を仕分けしていた。ときどき郵便物を葉巻の灰で燃やしながら（首にならなかったのがふしぎだ）。そして、もちろん、サンフランシスコには博学のアナーキスト、ケネス・レクスロスがいた。いうまでもなく、かれこそ、サンフランシスコ・ポエトリー・ルネッサンスの中心そのものだった。かれがいなかったら、サンフランシスコ・ポエトリー・ルネッサンスはずいぶんちがった形になっただろう。

ギンズバーグが西海岸に現れたときは、すでにレクスロスを中心にしてフィリップ・ラマンティア、ウィリアム・イーヴァスン、トーマス・パーキンソン、マデライン・グリーソン、リチャード・ムーアなどの詩人たちによる詩のサークルが形成されていた。そして、その周囲にゲーリー・スナイダーやマイケル・マクルーア、さらに無名の若い詩人たちが大勢いたことはいうまでもない。かれのアパートは集会所と化し、さかんに議論が行なわれた。あらゆる主題をめぐって。また、対岸のバークレーにはロバート・ダンカン、ジャック・スパイサー、ロビン・ブレイザーなどのグループがあった。

サンフランシスコ・ポエトリー・ルネッサンスを考える場合強調しておきたいのは、ジャズへの共感と朗読の重視だ。

レクスロスがシカゴからサンフランシスコに移ってきたのは一九二七年だけど、シカゴ時代すでにジャズと一緒に詩を読んでいた（リプトンがいうには、シカゴ時代のレクスロスはすでにビートであった）。ディラン・トマスとともにバード、チャーリー・パーカーがビートたちのヒーローだった。東部のハイブロウな大学教授詩人や南部のニュー・クリティシズムの詩人たちにくらべると、もじゃもじゃ髪の酔っぱらい詩人ディラン・トマスはいかにも無防備のむき出しの魂そのものだった。一九五〇年、サンフランシスコにやってきて自作を朗読したディラン・トマスは地元の詩人たちに大きな感銘を与えた。そして、かれの早すぎた死。その折りのレクスロスの怒りにみちた追悼詩「汝、殺すなかれ」はあまりに有名だ。同じくバードの早すぎる死に対してはケルアックが追悼詩を書いた（「メキシコシティ・ブルース　コーラス二四〇」）。二人とも世界の苦悩と恐怖におしつぶされた犠牲者であった。そして、レクスロスは「世界の荒廃に対して唯一の防御しかない――それは創造的行為だ」（飯田隆昭訳「解脱――ビート・ジェネレーションの芸術」）という思いをいっそう強くした。また、ジャズと共演したのはジャズの持つ身体的な直接性に注目し、「詩の問題はコミュニケーション自体の問題だ」と確信したからでもあった。そのとき大きくクローズアップされたのは、サンフランシスコの南のパロ・アルトに住んでいたケネス・パッチェンという存在だった。ジャズとのコラボレーションにいちばん積極的だったのはパッチェンで、西海岸の詩人たちに大きな刺激を与えたのだった。朗読こそ、サンフランシスコ・ポエトリー・ルネッサンスのキー・ワードだといってもいいだろう。バーやカフェにおける朗読会のほか、ロバート・ダンカンが州の内外から詩人たちを呼んで州立サンフランシスコ大学のポエトリー・センターで行なった数々の朗読会、レクスロスがラジオのFM局で熱心に行なった詩の朗読などがはたした役割の重要性も強調しておきたい。

サンフランシスコ・ポエトリー・ルネッサンスは、「静かな歳月」（ウォーレン・フレンチ）に、エズラ・パウンドやW・C・ウィリアムズの伝統を踏まえながらアメリカの詩に個の声を回復した目覚ましい果実だった。ケネス・レクスロスという惑星を中心としたところの。その結果、アメリカの詩は大学の図書館から街頭へと流れ出たのであった。

ふしぎなことに、ケルアックやギンズバーグ、W・C・ウィリアムズ、ディラン・トマスなどロッキー山脈をこえて東部からカリフォルニアへきた詩人はすくなくないのに、逆に西部から東部へいった詩人はほとんどいない。ブコウスキーはニューヨークの居心地のわるさにすぐさま引き返してきたし、ルー・ウェルチは酷寒のニューヨークの寒さとさびしさにあやうく死ぬところだった。

詩集『ボストンの北』のロバート・フロストがカリフォルニア生まれだときいて驚いた。でも、十歳でニュー・イングランドに引っ越してよかったと思う。霜の降りない土地には弱強格《アイアンビック》の詩は似合わないから。

最初、ビート・ジェネレーションのスポークスマン的役割をになったレクスロスが、後年、ビートたちとの間に齟齬をきたし、かれらを批判し出したのは残念なことだった。ギンズバーグという劇薬がききすぎたのかもしれない。

詩人は歩きまわる木である。世界を歩きまわって種子を落とす。それがたまたまその土地の条件にかなえば、発芽し、花をさかせ、実を結ぶのだ。思えば、西行、宗祇、芭蕉、蕪村、放哉、山頭火などわが国のビート詩人たちもまた歩きまわる木たちなのであった。

（「現代詩手帖」二〇〇一年二月号）

詩人の運命——エリオットとパウンド

1

運命論者ではないけれども、わたしたちの人生にはしばしば投じられた骰子の出た目によって運命が決まるようなところがある。

かつて盟友として（師弟として？）親しく付き合ったエリオットとパウンドだったけれども、第二次世界大戦を境として二人の運命は大きく変わってしまった。ノーベル賞受賞詩人と国家反逆罪の詩人とに。

2

大学院を出てからインディアナの大学でフランス語とスペイン語を教えていたエズラ・パウンドだったけれど、吹雪の夜、立ち往生していた旅芸人の娘をアパートメントに泊めたという理由からわずか四ヵ月で大学を追われてしまった（最初で最後の定職だった）。その結果、こんな野蛮な国にはいられないといわんばかりに、翌年、八十ドルの所持金をにぎって家畜運搬船に乗ってヨーロッパへ渡っていった。

一方、バートランド・ラッセルの勧めもあって、渡欧し、ドイツの大学に留学していたT・S・エリオットは、第一次世界大戦の勃発によって渡英。そのまま、ロンドンに居ついてしまった。

エリオットが初めてパウンドを訪問したのは、一九一四年九月のこと。エリオット二十六歳、パウンド二十九歳のときだった。そこから二人のアメリカ人の交友が始まるわけだけど、かれらの関係を考えるとき、決定的な出来事として長篇詩『荒地』の成立と、国家反逆罪として軟禁されていた精神病院からのパウンドの解放とがあった。

3

結婚を期に銀行に就職し、さらに文芸誌「エゴイスト」の副編集長についたエリオットは、多忙な日々を送っていた。こんな具合に。「彼のルーティンは、朝早く起床して『エゴイスト』誌の編集その他、自己の使命がかかっている文学の仕事ではじまり、日中は一銀行員としてながら第一次大戦後のヨーロッパの混乱した経済状態の整理にあたるという気を使う任務にたずさわり、帰宅してからは、病身のヴィヴィアンの不安定な精神状態の相手をつとめながら読書や創作に励むという、非常な緊張を要するものであった。こうして彼はついに一九二一年の夏のおわりには過度の疲労に襲われて神経衰弱に陥ってしまった」（星野美賀子『T・S・エリオット』）。

エリオットの窮状を見かねたパウンドは、本来の人の好さから文学仲間に呼びかけて、かれを銀行から救い出すために「援助基金」を集める運動を起こした。その金でエリオットに銀行から三カ月の休暇をとらせ、転地療養をさせたのだった。

エリオットは、妻をともなって、イギリス南部の港町マーゲートへ、さらにスイスのレマン湖に臨むローザンヌへ行って休暇を過ごした。そこで、勤勉なエリオットはかねて構想をねっていた『荒地』をいっきに書きあげると、帰路、パリに寄ってパウンドに原稿を渡した。

　エリオットは、ロンドンの文学サークルに徐々に受け入れられて、たとえばヴァージニア・ウルフ夫妻やキャサリン・マンスフィールド、オルダス・ハックスリーなどのブルームズベリー・グループとも親しく交際した。それに対して、傍若無人で、いささか粗野な所もあるアイダホ出身のパウンドは、攻撃的な性格もあってイギリスの文学界から敬遠され、ロンドンを去って、パリに住むようになっていたのだ。

　エリオットから受け取った『荒地』の原稿は、当初、一〇〇〇行を超える厖大なものであった。しかも、一貫性を欠いた、支離滅裂なものだった。それに大胆な削除と訂正の斧をふるって、現在のような、すっきりした五部構成の四三三行の『荒地』の形にしたのが、ほかならぬエズラ・パウンドであった（とくに冒頭の六五行を削った結果、「四月はもっとも残酷な月だ」という劇的な出出しになった）。『荒地』の扉に「わたしにまさる言葉の匠　エズラ・パウンドに」という献辞が記されているのは、そういうわけなのだ。


「パウンドは、微塵の恩着せがましさもなく、また一切の見返りも期待することなく、惜しみなく一方的に与える人であった」といって、江田孝臣はヘミングウェイの言葉を引く。「パウンドは自分の時間の五分の一を詩に捧げた。残りの時間を使って、彼は友人たちの芸術的な、そして物質的な富を増やそうと努めた。友人が攻撃されれば、弁護した。彼らの作品を雑誌に載せた。刑務所にいる友人をそこから出してやった。金を貸し、絵を売ってやった。コンサートを準備してやり、友人たちについての記事を書いた。彼らを裕福な女性たちに紹介し、出版社には友人たちの原稿を出版させた。死にそうだという時には、夜通し見守って、遺書の証人になった。病院代を貸してやり、自殺を思い止まらせた」（「贈与交換と職業倫理——パウンドとウィリアムズ」土岐恒二・児玉実英監修『記憶の宿る場所』）。

　まあ、世界広しといえど、パウンドのようなひとはいないと思うね。

　エリオットの死後、行方不明になっていた『荒地』の元の原稿が発見され、ファクシミリ版が出版されることによって、パウンドがどんなふうに手を入れたかの詳細がわかった。

オリジナリティを尊ぶ欧米ではきわめて稀有な出来事であった。

4

エリオットの『荒地』は出版当初こそ、〃ばらばらの題の詩の集合〃〃教養の乾物を寄せ集めたがらくた〃〃文学大工の作品〃〃学究指物師の仕事〃〃審美眼も才能もないパロディ〃などなど、酷評さくさくだったけれども、一九三〇年代にはには独創性／芸術性が高く評価されるようになって、かれの文学的な位置も確立した。エリオットがノーベル賞を受賞したのは、一九四八年、六十歳のときだった。

そのとき、パウンドはワシントン郊外の精神病院聖エリザベス病院に国家反逆罪によって軟禁されていた。第二次世界大戦中、ムッソリーニのファシズムを支持し、ローマ放送を通じ反ユダヤ主義的な立場からアメリカを攻撃したためだ。

そんなわけで、戦後、パウンドは厳しく批判の的にされた。かれの戦時中の営為や思想は欧米の伝統的なヒューマニズムからもひどくかけ離れていて、それも仕方ないことといえるだろう。その上、書きつづけていた畢生の長篇詩『キャントーズ』もきわめて難解で、読者の理解を超えていると不評だった。

確かに、パウンドの反ユダヤ感情はひどい。いちいち例をあげるのが嫌になるほどだ。晩年、ヴェネチアに訪ねてきたアレン・ギンズバーグに対して、パウンドはこういって、自己批判した。「自分の最大の愚劣は反ユダヤ主義に凝り固まった偏見だ」（新倉俊一編・訳『エズラ・パウンド詩集』）と。

われわれ日本人としては、反ユダヤ主義もさることながら、ファシズムの方がずっと気になる所だ。

だれにも他人にはわからない事情があるにちがいない。パウンドの場合も「外国人としてイタリアに住み続けるためには、ファシスト政権に協力する必要があった。長い旅路に耐えられない父親を伴ってアメリカへ帰国することができない以上、銀行預金の引き出しを停止されているパウンドは、ローマからアメリカへ向けてラジオ放送するようにという政府からの提案を受け入れる他なかったのである」「ただし、パウンドは（ファシズム体制に協力することに）消極的だったわけではない」。（平野順雄「『ピサ詩篇』以前／以後——『詩篇』とファシズム」『記憶の宿る場所』）。

そこにはやはりパウンド独特の思想／歴史観が深くかかわっていた。すなわち、「ある人物「一人」の途方もない力によって、歴史が激しく前へ動くという考えが（パウンドの）『詩篇』とファシズムには共通している。そして、その「一人」が、イタリア・ファシズムにおいてはムッソリーニなのである。社会主義勢力、中産階級の勢力、および資本家層の勢力、そのいずれにも属さないマージナルな層の勢力など、種々さまざまな勢力を利用する必要から、ファシズムは一枚岩としての性格を呈するよりは、（首領《ドゥーチェ》）ムッソリーニの瞬時の判断による変幻自在な性格を呈していた。極論すれば、イタリアにおけるファシズムとはムッソリーニだった」（平野順雄）のだと。

パウンドのために少し弁護すれば、ムッソリーニは最初から我利我利亡者のファシストだったわけではない。有能な政治家でもあったのだ。その手法には嫌悪と恐怖を感じる者も多かったけれども。「ファシズムは二度の経済危機からイタリアを救い、三流農業国を近代的工業・農業国に鍛えあげたのである」（三宅昭良「歴史の渦にのみこまれた詩人——パウンドの神話・歴史・錯誤」富山英俊編『アメリカン・モダニズム』）。

だけど、ムッソリーニに理想の英雄像を見、ローマからアメリカを誹謗するプロパガンダを放送しつづけたのは、パウンドの大いなる錯誤であり、かれ独特の歴史観の敗北でもあった。

一九五八年四月、パウンドは長い軟禁生活からやっと解放された。エリオットやヘミングウェイ、ロバート・フロストなどの度重なる嘆願がやっとかなったのだ。パウンドの解放（国外追放）には厳しい意見が殺到した。とりわけ、その標的にされたのがエリオットだった。国籍をイギリスに変更したことと英国国教会に改宗したのが大きな理由だったと思う。

さまざまな出来事があったけれども、時間の経過とともに、昨今は過去の政治的経緯とは別に作品そのものが読まれるようになって、パウンドの評価は次第に高まってきた。そして、二十世紀最大の詩人の一人として位置づけられるようになった。

エリオットとパウンド――「多くの点で彼らは共に実によく似ていた。神経質で主教のような知性、教育者のような抱負、ヤンキー特有の一徹さがあり、それらがぞっとするような感受性と結びついていた。彼らは共に現代文学の偉大な時期を生きてきたのであり、その推移にも生き残ってきた。彼らはある意味では外国人であり、彼らの時代とは調子が合っていなかった。（略）この二人には、こういう似た点もあったけれども、互いに反発し合う点も多過ぎるほどあった。彼らは互いに相手を激怒させたが、互いに相手を必要とした。彼らは自分たちを結びつけているものを知っており、そうしたきずなは死によって初めて解かれることになる」（ピーター・アクロイド／武谷紀久雄訳『T・S・エリオット』）のだ。

5

伝記を読むと、エリオットの後半生は詩人というよりも劇作家という印象が強い。『荒地』以後も詩集を数冊出していて、とりわけ『灰の水曜日』（一九三〇）と『四つの四重奏』（一九四三）の評価は高い。『灰の水曜日』は「エリオットの英国国教会への入信と、信仰を揺るがす懐疑と、その両者の霊的葛藤（サイコマキア）の詩」（岩崎宗治訳『四つの四重奏』解説）。新教のユニテリアンの家庭に生まれ育ったエリオットは、若いときからユニテリアンの世俗性に懐疑をいだいていて、一九二七年、三十九歳のとき、英国に帰化するとともに英国国教会の会員となった。「エリオットを『荒地』の詩人、モダニズムの旗手と見なしていた人たちは、エリオットは変節した、「裏切った」と考えた。パウンドはエリオットの「堕落」を嘆いた」（岩崎宗治）という。

時間を主題とした「瞑想し懊悩する精神のひそやかなモノローグ」（岩崎宗治）である『四つの四重奏』は、エリオットの最大の傑作だとする意見がある。といいながらも、相変わらず引喩にあふれた詩で、専門家の解説を参照しながら読まなければならないことにかわりはない。

エリオットに「マイナーな詩とはなにか？」という評論がある。そのなかで詩の愛好者が好んで読むのはマイナーな詩人たちの詩であって、偉大な詩人の詩を読むのは学者と研究者だけだと書いた。自分のことを「偉大な詩人」といっているわけではないけど、いまや、エリオットもパウンドも学者や研究者しか読まない詩人になっているのは皮肉な話だ。

（「詩人会議」二〇一三年二月号）

作品論・詩人論

ヤマメの釣り方

辻征夫

　三十歳を過ぎて失業というのは、妻子がいれば大変なことかも知れないけれど、そういうものがいなければどうということもない。三十歳の誕生日を過ぎること半月で私が失業したときも、どうということもなかったので予定通り詩集をまとめることに専念できた。半年後にはそれを出版することになり、その最終的な校正を見に出版社へ行ったら、そこにどういうわけか同い年の中上哲夫がいたのである。彼も失業者だった。

　失業者というもの、時間だけはたっぷりあるものだから、それからはよく誘いあって遊んで歩いた。夜中の一時だか二時だかに私の部屋でベーゴマをしていたとき、俺たちいったいどうなるんだろうねと彼が言い、私も、いい年齢《とし》をしてこの男も私も、馬鹿ではなかろうかと一瞬不安になったのだが、いまでは二人とも妻子がいてなんとかやっているのだから、たとえ馬鹿であったとしても他人《ひと》の知ったことではない。いつだったか彼はアイオワ大学に招かれて数カ月日本を留守にしていたが、いったい向うで何をしていたのだろうか。三十過ぎて夜中にベーゴマをしていた人間が講義などをするわけがなく、やっぱり、ボソボソと、詩などを朗読していたのだろうか。

　私は数年前、タンポポに肥料を与えて育てたらどうなるかと思い、実験を始めてみたことがあるが、彼はちょうどその頃から、川で魚を釣ることに熱中し始めた。いまでは私も仲間になっているのだけれど、彼の、ヤマメの釣り方という詩はこんな具合である。

つり道具一式肩にかついで
ヤマメのいる川へ出かけよ
（ヤマメのいない川は不可）
そうして
ポイントを求めて
果敢に攻めよ
運がよければ

たぶん
ヤマメがつれる

(『ロビンソン、この詩はなに?』一九八八年書肆山田刊)

「家へ帰って詩を書こう!」

八木忠栄

岡庭昇、高橋道、私の三人で、同人詩誌「ぎやあ」を創刊したのは一九六三年七月だった。タイプ印刷で二十ページほど。私たちは二十代前半の若造で、いずれも青々とした不満足や怒り、不機嫌といったものを誌面に吐き散らし、頻繁に集まり、原稿が遅いと言っては互いを責め、安酒場でしたたかに酔っては吠えたて、夜の街をうろついたりしていた。

そんなことは「ぎやあ」に限ったことではなかったと思う。六〇年代、若い詩のグループは多少の違いはあれ、誰もがほぼ同様なことをくりかえしていたのではなかったか。「三田詩人」「ドラムカン」「暴走」「バッテン」「凶区」「長帽子」「非人称」などはどうだったか? 互いに貶したり、共感したりしながら、熱い夜やしびれるような明け方に彷徨し、てんでに泥だらけの雑草のような声をあげていた。声が声を呼び、声が声を叩きのめす、そんな時代だった。

そうした若造たちのなかに中上哲夫もいた。最初の出会いの記憶はもう不確かだが、スマートで蒼白で物静かなシティボーイは一見頼りない青年だった。(奇跡的に、今もあまり変わりがないが。)その詩はハングリーなビートの精神で静かに煮えくりかえっていた。何回かの出会いの後、私たちは当然のように彼を「ぎやあ」に誘った。

中上哲夫が「ぎやあ」に初めて詩二編を発表したのは十一号(一九六六年一月)だった。それらは第一詩集『下り列車窓越しの挨拶』(一九六六年五月)に収められた。その一編「うた」の冒頭と最後——


忘れた忘れた満員電車のなかで尻や乳房をなでられ欲情したことがあったかなかったか忘れた失恋したとかまた失恋したとか忘れた　…(中略)…　国籍とか国家とか総理大臣とか忘れた天皇誕生日とか生理日とか忘れたわたしは忘れたこうもり傘を忘れた

「忘れた」が五七行ほどの詩のなかでリフレインとして連続する。総理大臣や天皇誕生日や生理日も、親兄弟や娘時代も「こうもり傘を忘れた」というレベルのものでしかないのだ。さらに言えば、「忘れた」とうたっている「わたし」自身をも、「こうもり傘」と同レベルとして憚らない。鬱屈した青春の自嘲と矜持がからまり合っている。

「ぎやあ」が一九六八年三月に十七号で終刊するまで、中上哲夫は一緒だった。誌面にギンズバーグやルロイ・ジョーンズの詩を訳出したこともある。飲んだ後に街や駅で別れるとき、彼は決まったように「家へ帰って詩を書こう!」と誰にともなく言うのが口癖で、私たちを笑わせ呆れさせた。

中上哲夫の書く詩も詩集の題名もカッコいい。しばし脱線して、本詩集までの詩集名を列挙してみよう。

『下り列車窓越しの挨拶』

『旅の思想、あるいはわが奥の細道』

『さらば、路上の時よ』

『記憶と悲鳴』

『アイオワ冬物語』

『スウェーデン美人の金髪が緑色になる理由』
『木と水と家族と』
『甘い水』
『エルヴィスが死んだ日の夜』
『ジャズ・エイジ』

いずれも抒情あふれる《ナカガミ節》とでも呼びたい輝きを放つ。それらは当然のことながら、収録された詩編のタイトルを反映している。詩のタイトルが長いのも特徴的である。そこに自嘲も矜持も美しく括られている。たとえば「きょう、宇宙には熱がある」「船橋駅構内のコーヒーショップでこんな詩を書いた」「二〇世紀の深夜、わたしは貨物船に乗り込んだ一人の青年に語りかける」「今夜、わたしは渋谷「千両」の節穴からわたしの世代の幻を見る」「抒情詩はついに感情を盛る器にすぎないか?」「二十世紀最後の夏はこんな仕事をした」「拝火教の神の名前を持った六十ワットの電球の下の六つの顔」といった具合である。

アメリカのビートニックの影響もあることは間違いない。彼らの詩や小説や俳句への造詣が深く、翻訳もしているのだから当然。意味ありげにお行儀よく凝縮したり抑制したりせず、作品にこめた精神の断層をありていに露出したい、という切実な思いを、長いタイトルに敢えてそのまま盛りこんだ。私はそう受けとめている。

なかでも『下り列車窓越しの挨拶』に、当時の私は極めて強い衝撃と熱い共鳴を覚えずにはいられなかった。タイプ印刷六十九ページの質素な詩集は、彼のどの詩集にも増して忘れがたい一冊である。中上哲夫の精神性と身体性とが躍動しからみ合い、煮えたぎっているように思われる。

なぐり合おう
男らしく堂々と
徹底的になぐり合おう
喫茶店の席を立って
雨の通りに出よう
なぐり合うために夜の公園へ行こう
雨に濡れてなぐってなぐられて
倒れるまでなぐり合おう

雨が温く流れ出すまで
血を流してなぐり合おう
空が白むまでけもののようになぐり合おう

冒頭の詩「なぐり合おう」の書き出しである。右の各行の脇に、当時の私が引いた傍線が躍っている。これが中上哲夫の詩のスタートだったし、すでにその後の展開を暗示していた。しかし、幸福な詩のスタートとは言いがたい。彼に限らず同時代の詩人たちはおおむね、雨に濡れて他人や時代と熱くなぐり合っていた。時代そのものも雨の通りから夜の公園へなだれこんで、けもののようになぐり合おうとしていた。そんな時代が確かにあった。そんな時代と葛藤をくり返して詩を書く若者がいた。なぐる相手は他人であり、同時に血を流してむやみに苛立っている自分自身でもあった。

全編に、不満づらしてカッコいい青春が横溢していた。とは言え、カッコ悪くて測りがたいエネルギーを持てあましてもいた。六〇年代の姿を映し出していた。不満、苛立ち、反抗、挑戦、皮肉、憤怒、躊躇、拒絶、嫌悪、憎悪、不機嫌、唾棄、嘔吐、疾走……といった精神が危なっかしく沸騰しあふれ、敗走や諦観もそこにからまりあいながら、果敢な異議申立てになっていた。傲慢で卑劣な現実世界に安住することを拒否して、まず積極的に「逃げ出したい」という願望に貫かれていた。

当時、中上哲夫は会社を辞め、暗い顔をして旅に出ようとしていた。その後の生き方も含めて、彼は仕事も住まいも安穏として定着できないタイプの人間だった。定着と流動をくり返してきたと言える。それが本来詩人のあるべき生き方、とは単純に言いきれないけれど。日常に対して不満をもち、嫌悪し憎悪しながら、欲望に従ってすんなり旅へ出たり逃げ出したりできれば、この世も与しやすいものだけれど。意のままに生きられるならば、苛立ちも日常レベルで解消できるだろう。「とどまっている男のモノローグ」という詩のエピグラフに引用されたヘンリー・ミラーの言葉通り「とにかく行くのだ。きみが行けば世界も行く」、それが可能ならば、世界の構造がそんなに単純であるならば、詩はもう少し楽天的になれる。でも、「とにかく行」きたい。

中上哲夫の詩は、一貫して外へ発散するかたちでカッコよく青春の不満を吠えたて、「ノー！」を言いつづけて来たわけではない。自分の内部への屈折をすでに初期から内包していた。第三詩集『さらば、路上の時よ』では、ビートニックの風はむしろおのれに向かって吹いていた。「ああ、六〇年代のロックンロールはもうたくさんだ」「歩いているのは確実に老いていくわたしたちだ」「本日休診／抒情詩も休みだ」「人もまた過ぎ行く風景にすぎないか？」等々。

また、巻末に収められた「さらば、路上の時よ」は次の二行で終わる。

わたしたちはこうして少しずつ滅んでいくのか？
青春の詩法とともに！

第一詩集から十四年後の詩集『記憶と悲鳴』で詩は大きく変容する。おのれの来し方や日常と向きあう要素が色濃くなる。

わたしもそろそろ、そのとしだ。一ばん大事な年齢だ、生活者にとっても。夜道、泥酔して歩く足がもつれる。

（「津軽」）

そう書いて、私を妙にしんみりさせてくれた。夜の公園で雨に濡れてなぐり合うどころか、路上におさらばして、今や歩く足がもつれているのだ。まだ四十歳前の男の生理としては尚早ではないか。けれども、それはかつての若造の青春の敗北なのではない。そうではなくて変容である。詩の精神が挫折し敗北したのではなく、内省し前向きに変容したのである。白石かずこは『さらば、路上の時よ』の書評でこう看破していた。「自分の内部へと坑道をほっていく、きわめて個人的なそして真に在るべき自由な精神の求道であり、自分の内部への容赦ない告発と挑戦である」（「詩芸術」一九七八・三）

その後も「自分の内部へと坑道」を掘り進んで今日に至っている。ひたすら外部へ向かって一途に青々としていたパワーが、成熟しながら詩の錘鉛をおのれの内部に深く降ろしつつあった。アイオワでの生活や一連のライトヴァース作品をへて、詩の内実に振幅と奥行きを獲得してきた。

中上哲夫の詩の表情は、当然のことながら初期からは変容してきたけれど、根底的なビートニックも青春の抒情性も喪失したわけではなく、そのしなやかさは健在である。

『エルヴィスが死んだ日の夜』（二〇〇三）がそれを実証している。ひたすら突っ走るだけでなく、多様な風を孕んだ構造をもち、ドラマティックでさえある。テーマの中心に家族の誰彼が見えたり、わが家というおのれと向きあって揺るぎない。

仕事はみんな糞だ
だけど糞をしないと生きていけないんだぞ
（「現場監督見習いをしたことがある」）

一行目はかつての彼らしい詩のスタイルである。ところが、「生きていけない」という二行目が加わった。（ここで「糞をしないと……云々」を笑ってはいけない。生きるということはある意味で滑稽なのだ。）これまで彼が展開してきたことで到り着いた新たなフィールドを、そこに端的に読みとることができる。

引用する余地がなくなったけれど、尾形亀之助の生き方や、「漂流する中年の棒杭」や「ずぶぬれの鼠」「傷だらけの貨物船」などのフレーズに、おのれの姿が投影されている。青春の残滓のようにエルヴィスの歌声が頭のなかで響いていて、寝付かれない自分を持てあましている。背後から読みとれるのは、生活の苦渋などではなく、鈍い輝きを確実なものにしつつある生活の息吹である。

なかでも、散文詩「二十世紀最後の夏はこんな仕事をした」は、私が最も高く評価する詩である。女学校の校舎の「全部の窓をあけ放ってしまうと、わたしには夕方までもうすることがなかった」というフレーズは、中上哲夫の詩がようやくにしてたどり着いた至福の時間ではないか。なかなかたどり着けなかったし、たどり着こうともしていなかった。夕暮れが訪れると「ギンズバーグの長い詩を暗誦しながらあけ放たれた窓をひとつひとつ閉めて歩いた」とある。ギンズバーグの詩は、本当はこのようにして読まれるべきなのかもしれない、とギンズバーグの詩が好きな私は考える。ギンズバーグをこのように暗誦できるというのは、自らを「かぼちゃ頭」などと自称できる精神の余裕・充実があるからこそと私は思う。

ふと妙なことに思い至った。——中上哲夫の詩を改めてなぞりながら、「あいつ、家へ帰って、ちゃんと詩を書いていたんだ」と。いっぽうで俳句に入れこんでいる彼は、近年「家へ帰って俳句を書こう！」と言ったりしている。さて、こちらはどうか……。

気分が向かなければ、自分から発言することの少ない男である。

＊俳誌「百鳥」二〇〇四年四月号に発表した原稿に大幅に加筆した。

（『ジャズ・エイジ』解説、二〇一二年花梨社刊）

十二の断片の贈り物

経田佑介

I

中上哲夫の初期詩篇にベアトリーチェがやたらに顔を出し「ベアトリーチェよ」と語りかけられる。彼女がいかなる女性か中上に訊いたこともない。情婦と信じるべきか。想像をめぐらしたこともない。リズムをきざみ詩の調子をととのえるドラムくらいに思ってた。でもこの文章を書きはじめたとたんに彼女が美しくかがやきはじめた。おかしい。

つまり詩の相手の問題なのだ。中上は若いころベアトリーチェ相手に詩を書いていた。ラブレターみたいに。だからあれほど熱を帯びたことばで詩が書けたのだと思う。

2

最新の詩集『ジャズ・エイジ』に八木忠栄の「家へ帰って詩を書こう！」がついている。知人の利でふかくえぐる正攻法の詩人論で作品論だ。「文庫」にこれがあるのはとても嬉しい。「文庫」は詩の冷蔵庫なので現在から逆に詩の道をたどり詩を溶かし、八木の文章にふれられる読者はとても幸せと思う。

この花梨社ポケット・ポエッツ・シリーズの第一号であるチャップブックのような詩集『ジャズ・エイジ』が詩歌文学館賞をとったのはわが国じゃ快哉だろう。わたしはすごく嬉しい。つねづね詩賞ってハードカバーばかりと思ってたからだ。詩と表紙は関係ない。あのピューリッツァー賞をとったゲーリー・スナイダーの詩集『亀の島』だってぺらぺらだったのだから。

3

一〇代は暴走
二〇代は性的混乱
三〇代は不能
四〇代は哲学の貧困
五〇代は変態
六〇代は気狂い！

二十代末か三十代初の中上が節穴から見た同世代の詩人たちの幻だ。年長世代の詩人たちを彼の眼はこううつし、吠え噛みつきあふれる性的エネルギーをもてあましつつ詩人としてグラウンドを走りだしながら異議申し立てをしてたってわけだ。わたしも同様だったのだ。

それがどうだろう、いまやエロスにも見棄てられ彼もわたしも喜寿寸前。七十代にはなんと入れたらいい？「夭折の詩人」よりよだれたらたらもぐもぐ老人詩人のほうがずっとかっこいい。中上は「生と生活の一致」を肩にかつぎ路上よろよろ詩を書き生を解析しつつここまで来た。もはや詩は「青春の詩法」ならず、くそくらえさ。だって「われわれは時代よりもずっと長寿なのだ」もの。

4

小生の個人詩誌「blue jacket」で一九七五年から足かけ八年、三十代から四十代にかけて中上とわたしは往復書簡を十回やった。しなやかにポレミックに。二人は同年同志。それがミソではあったけど二人の違いは赤裸々で、生の異なり様ってじつにおもしろい。

少部数の個人詩誌のかなしさ、往復書簡の読者は少ない。だから少々ふれておきたい。内容として抒情詩、抒情詩人、詩の朗読、ライトヴァース、詩人の態度論など意見交換したり議論したり。彼のアイオワからのアメリカ書簡、わたしのパリ書簡もあった。

わたしの詩の抽象ぶり、詩の過大評価観、詩的すぎる語法など中上をずいぶんいらいらさせたようだ。しかしこのいらいらこそ書簡を一貫する彼のするどい批評眼であったのだなあ。「細部にこそ詩はやどる」が中上のしなやかな詩法だからわたしの詩が抽象的という指摘には一言もない。

八年にもわたる往復書簡は互いにうんざりしたこともあった。けれどもたいそうおもしろく刺激になった。深謝だね。

5

「夢を喰らってさらに肥大する巨大な夢想家」「プアな詩人」「ホーボーが望み」「反抗と拒否、異議申し立て」の若い中上は「ギンズバーグという毒入りハンバーグを齧ったので／ビートニクになるしかなかったのだ」という雨にぬれがちな日本的なビートニク詩人の出発をしたってわけだ。

その後の進展ぶりは八木忠栄「家へ帰って詩を書こう！」にくわしい。中上は『ジャズ・エイジ』まで来たのだ。この詩集は「俳句のような詩を書きたい」とはじめるエッセイ「カフカ／ロバート・ブライ／俳句」(文庫所載)の実証版詩集といえよう。スナイダーとブライの短い詩が大好きという中上はその断片性、片言性を愛したのだ。掘り下げれば非完成ということだ。カフカも芭蕉も顔をだし、結論は――「言いおほせ」ない、「完結」し」ない俳句のような詩を書きたいという意味だったのだ。

　生は断片の集積なのだから、ひとひらひとひらの断片が衝突する機会で生みだされる詩の深みまで読まなくちゃね。そこに生の真実を見つけようってわけさ。プルーストよりカフカなのだ。

6

『アイオワ冬物語』のあとがきにゲーテの文章を孫引きまでして「すべて機会詩の形をとった」と彼は俳句よりもっとひろくふかく機会を熟視して詩を書いている。これは彼の詩の精髄だろう。

「青春の詩法」「旅の思想」「ビート」「ビートニク」「詩の旅人」「路上派」「機会詩」などは中上の詩人と詩にふさわしいキーワードだ。

　ビート詩人ギンズバーグ（諏訪優訳）を詩法の滋養にした若い詩人たちで泉谷明、八木忠栄、天野茂典、中上、経田などは後に〈路上派〉詩人と呼ばれるが、中上がいちばんビートニクの詩人であったと断言しよう。

7

とはいうもののきわめて日本的なビート詩人なんだ。これとふかくかかわるのが翻訳家としての中上だ。

　ジャック・ケルアック『路上』の主人公ディーン・モリアティ（モデルはニール・キャサディ）に彼は夢中になり、記録者〈作家〉であったケルアック（『路上』ではサル・パラダイス）に熱中した。彼のケルアック文学の翻訳は大変な仕事だ。プロの翻訳家は売れないものにゃ手を出さないからことにそうだ。

　ケルアックの作品では『荒涼天使たち』（一九九四）。『ビッグ・サー』渡辺洋と共訳（一九九四）。『孤独な旅人』（一九九六）。『ジャック・ケルアックのブルース詩集』経田と共訳（一九九八）。『パリの悟り』（二〇〇四）がある。

　ブローティガン詩集『突然訪れた天使の日』（一九九一）やパティ・スミス詩集『バベル』共訳（一九九四）も買うのはファンだけだろう。

　ブコウスキーの詩集も二冊ある。『指がちょっと血を流し始めるまでパーカッション楽器のように酔っぱらったピアノを弾け』（一九九五）と『モノマネ鳥よ、おれの幸運を願え』（一九九六）だ。そうそう、アラム・サロイヤン『ニューヨーク育ち』（一九九六）も落とせない。

幻の『ビート詩集』にふれておこう。これはビートの全貌をまとめたアン・チャータース編『*The Penguin Book of the Beats*』の完訳だ。彼と油本達夫とわたしの三人で訳し校正にこぎつけたけど版権の関係で出版できなかったものだ。これも彼の翻訳じゃ重要で、未刊はビート文学ファンにとりいまもってきわめて残念と思うが仕方あるまい。

中上のロックやジャズへの貢献もすごい。ランドン『ローリング・ストーンズ』（一九七一）、スペルマン『ジャズを生きる』（一九七二）、エリントン自伝『A列車で行こう』（一九八五）の訳だよ。

彼は台所の食卓でこんなにいっぱい翻訳をやったのだ。彼の詩に無関係なわけがないね。

8

「瑞典《スエーデン》美人は謎さ」

「丁抹《デンマーク》美人なら倫敦《ロンドン》で写真とったよ」

「若いの？」

「少女さ。もうでんとした婆さんだろう」

「イングリットもそうよ」

「えっ？」

「バーグマンさ。美人にシイタケ」

「とっくに亡くなったね」

「ホシシイタケってすごく軽いだろ」

「金髪の瑞典美人も軽いって……」

「瑞典美人は巨大で重いだろ」

「恐怖はよせよ。短小詩人はさ」

「まあ、軽くて重いのがいい」

「シイタケも濡れりゃね……」

9

年齢はいかんともしがたい生を押しつける。非所有者から所有者へ。短距離ランナーだった詩人も長距離ランナーに変容だ。所有するもろもろが詩人におそいかかる。が、所有物を通して新たな道を生の路上を発見するのが詩人。その意味で『記憶と悲鳴』『木と水と家族と』『エルヴィスが死んだ日の夜』の三冊は中上にとってひじょうに重要な詩集で、現在を支える過去の生の断片の吟味であり検証だった。

　詩人と詩は変容するけど情緒は生涯そのままなのだ。「ほんとうは、時間がそこで永遠に凍結してしまえばよかったのかもしれない。だが時間は夏の日のバターのように溶解して流れ出し、悲鳴をあげて記憶の世界へと突進していったのだ」(「武蔵野市立第三小学校前」)。これは彼の抒情だろう。抒情詩人としては「いまでもわたしのこの拳に生ま生ましく記憶されているところの人間の肉体の感触である」がつけ加えられる。そして思い込みを削りとり新たな路上へ意識と詩精神を泳がす詩人がつぎつぎに生まれつづけた、と思う。ローリング・ストーンだよ。詩人はアイデンティティを持たぬとキーツはいってるね。

10

　肉体の旅は彼の詩の強い魅力である。彼は「詩の旅人」、詩を旅する者だった。彼の変貌を端的にいえば、走る詩人から歩く詩人、さらに坐する詩人に姿を変えてきた。当たり前といえばそうなのだけど、詩にその姿をはっきり刻んでいる詩人は泉谷明と中上をのぞいてそう多くない。『アイオワ冬物語』は新しい記憶をつくる試みだ。アイオワの何気ない日常的な風景を記憶の底に埋もれさせないように現実と詩的意識のずれをことばに刻む詩集からは生に対峙する詩の深味が立ちのぼる。

　読者は旅の孤独のつぶやきを聴きながら彼のアメリカの詩の旅を楽しめよう。というのもそれまでとちがって彼が生の側から捕捉されているからだ。

　詩の表層はますます軽みをおびているけれど、これは彼の詩の成熟の裏返しだろう。路上詩は吠えるばかりが能じゃない。

11

パン種を持って歩くパン職人のことを中上がどこかに書いていた記憶がある。そう思ってたらこの文庫で「歩きまわる木たち」といぅサンフランシスコ・ポエトリー・ルネッサンス覚え書きにであった。わたしにも「歩く木」という小さな詩がある。

エッセイの中身には今ふれない。このエッセイの最終連を中上は「詩人は歩きまわる木である」という断言ではじめる。同感だ。詩人は種子をまきながら世界を歩きまわるという。結びはこうだ。「西行、宗祇、芭蕉、蕪村、放哉、山頭火などわが国のビート詩人たちもまた歩きまわる木たちなのであった」。

これらの歌人俳人たちをビート詩人とする視力をもつ詩人はこれまでいただろうか。中上をもって嚆矢とするのじゃないか。彼の筆がすべったとは思えない。わが国のビートが本家本元のビートとことなるのは当然だろう。ケルアックの句集『*HAIKU*』を見よ。日本的なビートは可逆反応が産み出し生成してきたものだ。逆輸入の道をたどったかどうかは不明だけれども、中上がズボン堂という俳人でもあるのは厳然たる事実(八木忠栄もいっぱい句をつくってるね)。

詩を書く俳人は皆無(らしい)けど、苦吟する詩人はけっこういる。これはたんなる流行ではあるまい。中上にとり趣味的俳句老人の手慰みなんてもんじゃなくて、喜寿までかけて悪戦苦闘してきた視点視力、生と詩の問題なのである。

12

長い詩ではじまった中上の詩はなぜ短くなってきたのだろう。その秘密を十一の断片につめたつもりだ。彼の詩には広大な人間宇宙がつまってる。そういう詩なんだよ。

感性豊かな読者よ、巻尾から巻頭にむかってもう一度ぜひ読みたまえ。

(2015.2)

〈さらば、路上の時よ〉の後に

相沢正一郎

中上哲夫さんは、第三詩集『さらば、路上の時よ』の後、ケルアックが反抗（逃走）してきた、（二十世紀半ばのアメリカの信仰）「家族」へと向かっていきます。そのつぎの詩集『記憶と悲鳴』では自分の「年代記」に遡るので、当然「家族」に触れることになる。「引っ越し——武蔵野市吉祥寺（1）」で《わたしの記憶の最初の一つが引っ越しにまつわるものだというのはきわめて興味深い。／それは、荷物を満載したリヤカーのあとから妹の手を引いて国鉄中央線の踏切を渡っていく風景である》というフレーズがありますが、五番目の詩集『アイオワ冬物語』では、家族全員でアメリカを旅します。リヤカーは引かないけれど……。

また、文体も変わり、ジャズの即興演奏から「俳句」に。……じつは私が中上さんの詩をはじめて読んだのは『アイオワ冬物語』。それからずっと出版された詩集を追いかけて愛読してきました。今回、それ以前の詩をゲラで読むことができました。そこでまず思ったことは、原色の映像から『記憶と悲鳴』あたりからモノクロに変わった……そんな印象。

『アイオワ冬物語』の光と影の簡潔な構図、くっきりとした輪郭、シンプルな「軽み」は、怒りや焦燥感などの沸騰する感情を通ってきた。濾過された上澄みは、味のない蒸留水ではありません。

俳句について、中上さんはこんなことを言っています。《すべて機会詩の形をとった。／ところが、俳句というすぐれた機会詩の伝統をもつわが国では、機会詩がひどく低く見られていて残念でならない》（『アイオワ冬物語』の「あとがき」）。ケルアックの『路上』は一九五一年に書かれ、五七年に出版。十一年前の一九四六年、「ディーン・モリアーティ」のモデル、ニール・キャサディと出会います。この年、日本では俳句（や短歌）を他の芸術より一段低くみなす「第二芸術論」がわき起こります。世界中の詩人たちが俳句に注目するようになるのに……。

私には、中上さんの作品に登場する背が高くハンサムで《指にささった棘みたいな》(「兄という存在 1」)兄にディーン・モリアーティが重なって見えてしまいます。逆に考えますと、ケルアックの『路上』は、はじめに思い込んでいたクールなイメージとは違って「疑似家族」とでもいいたくなるほど人間関係が濃密。実際「ぼく」はディーンに《「何年も聞かされてきたよ、家庭とか結婚とか、心が落ち着くすばらしい暮らしとか。好きだよ、おまえのそういう話」》(以下、引用はすべて青山南訳)と皮肉られたりしています。もしかしたら、こういう矛盾の豊かさ、とでもいうような魅力がこの文学を古くさせない秘密なのかもしれません。

今回、中上さんの詩集といっしょにジャック・ケルアックの『路上』も読み返してみました。かつて福田実訳を読んでいたので、こんどは青山南氏の新訳『オン・ザ・ロード』をおそるおそる開きました――「おそるおそる」と言いますのは、なにぶん青春の書ですし……でも、そんな杞憂や恐れはページをめくっていくうちに消えていきました。感動が蘇った、というだけじゃなくて、また新たな発見があった。

青山南氏の解説によると、ケルアックはたいへんな記憶力の持ち主、それをすべて吐き出してケルアック一族の一大年代記を書くことは生涯の夢だったといいます。再読して新たな発見があった、といいますのは、ケルアックは決してこの小説であるひとつのメッセージを送っていたわけではない、ということ。バッグンの記憶力を持つ作者が、旅の途中で感じたことを生き生きとしたことばの鮮度を失わないまま掬い取って、そのまま吐き出している、ということ。一期一会のどんな脇役でもシェイクスピアの登場人物のようにその人物が考え、喋っている、ということです。たとえば、雨の舗道で《小ぶりのハットをかぶった背の高いひょろひょろした男が、道路の反対側で車を停め、近づいてきた。保安官みたいに見えた。ぼくらはひそかに話をこしらえて待機した。相手はゆっくり歩いてきた。「どこへ行く途中かね、それとも、ただ移動してるだけか？」》。

主人公サル・パラダイスの一人称が、福田実訳も青山南訳も「俺」でも「私」でもなく、自己主張の薄いひらがなの「ぼく」を使って背景に溶け込ませているのは、ふたりの訳者のセンス。

さて、「書斎から出て、書く」というのは俳句のスタイル、「いま」「ここ」「われ」の生を確かめる姿勢は、中上さんにもケルアックにも共通します。《朝、目覚めると、世界は雨期だ。ぼくらは釣宿のふとんのなかで雨が軒のトタンを激しくたたくのを聴いている。ぼんやりと。枕元には釣具と弁当と歳時記》（そうか、歳時記はもって行くんだ。「書を捨てよ、町へ出よう」とは、寺山修司のことばですが、書もいっしょに旅する、というより、世界と書が一体になる）。《渓はなにが飛び出すかわからない書物だ。本のページをめくるように、ぼくらは渓を上がっていく。甘い水の甘い魚たちに会いに》（「渓とジャズと木苺──ある交遊の記憶に」）。

『オン・ザ・ロード』にも、こんな描写があります。《すさまじい吹雪が襲ってきた。ミズリー州では、夜、ディーンはスカーフをかぶった頭を窓の外に突き出して運転するしかなく、スノーグラスをしたその姿は、まるで雪で書かれた古文書を食い入るように読む修道僧だったが、それもこれもフロントガラスが一インチもの氷でおおわれていたからだった》。

『アイオワ冬物語』は記憶と時間の旅。一九七九年九月二七日の秋から一九八〇年一月一八日の冬で終わっています。「歯はいい？」では、ホノルルで《陽気なアシカのように／妻と娘が濡れた体で海からあがってきた、そして／股の間から滝のように海水を滴らした／歯が痛まなければ／とシアトルからやってきた女がぽつりといった／世界はどんなに美しいことでしょうね》。つよく「からだ」を感じます。シェイクスピアの『ロミオとジュリエット』にこんな台詞がありました。《どんなにありがたい哲学を説くものでも歯の痛みをじっと辛抱できはしなかったはずだ》（小田島雄志訳）。

からだといえば中上さんの詩には「歩く」ということばがおおい。「路上」派としては当然なんですが、『さらば、路上の時よ』以前の「歩く」は疾走感──ジャズのビートにも似た、心臓の鼓動にも似た、ことばの生命力に直接つながっている動詞でした。ケルアックのアメリカの旅はもっぱら車。車のスピードは、まさに「個室」の「移動」。それに対し『アイオワ冬物語』以降の旅は、足の裏を地面につけて「歩く」。

第九詩集『エルヴィスが死んだ日の夜』に収められた「二十世紀最後の夏はこんな仕事をした」を読んでみることにしましょう。「わたし」が《背中を朝陽に灼かれながら港町の長い坂をのぼって》行く足取りは読者の文字を追う速度や呼吸に重なります。かつて「きょう、世界は雨」や「その日、渋谷は雨」(『旅の思想、あるいはわが奥の細道』所収)の雨の《道玄坂をおりていく》文章は、どこか車窓から流れるイメージを追うようだったのに対し、この詩では実際に地面を踏んで歩くリズムを感じます。《マサチューセッツ州ロウエルの夏の早朝に職場に向かう鉄道員》のような連想を誘い、《坂の五合目あたりで野球帽の鍔の位置をなお》し《旧式の蒸気機関車のように》一気に駆け上がる速度に、気分の高ぶりが重なります。夕暮れが訪れるとギンズバーグの長い詩を暗誦しながら窓をひとつひとつ閉めてゆっくり歩く。作者の「歩み」といっしょに読者も夏の一日を体験する。車のスピードで走ったら、床に薄くつもった埃がマリンスノウのように舞い上がる様子も、床でねむりこけている虫たちが驚いて、あわてふためいてころんだりぶつかったりするコメディーも見ることができません。

『オン・ザ・ロード』で、ディーン・モリアーティは正業につかずぶらぶら遊んでいる「ヒップスター」として描かれていましたが、「夏休み」という休暇に「わたし」の「苦さ」「空虚」、自由の楽しさと交じり合った「明るい淋しさ」——そういったことばを使わずに感情を気分を空気を匂わしている。出来事といっても、決してドラマチックなものではなく、むしろ何も起きない——それでいて、おおきく響かせているのは題名が利いているから。無駄を除いた徹底した具体的な描写で「わたし」が女学校の校舎とキャンパスを歩くだけなのに、なにかおおきな時間を通り過ぎていく風のような……。

俗っぽさを厭わない歯切れのいい文章もいい。これは中上さんのすべての詩についていえること。じつは技巧的で翻訳調、たいへんなテクニシャンなのに、まったくそう感じさせない自然体。

ここで忘れてはならないのはユーモラスな語り口。中上さんの笑いは、不条理な状況、またそこで不安を感じている自分自身をも第三者の客観的な目で見る、カフカの小説にも感じられるそんな距離感、といえるんじゃないか。ですから、笑いの背後に明るい悲しみが横たわっている。即かず離れず、距離の取り方、ということで、「翻訳」にもちょっと似ています。中上さん、ケルアックの翻訳が（共訳も含めると）六冊あります。


翻訳といえば、青山南訳『オン・ザ・ロード』、呼吸、リズム、空気、雰囲気、温度、雨、風さえも掬い取っている。それでいて、翻訳を読んでいることに気がつかない。中上さんの水のような文章もまた読者に詩を読んでいることとさえ忘れさせる。もちろん、中上さんの詩集は翻訳じゃないけれど……。もしかしたらケルアックも、その時代のアメリカを「翻訳」したのかもしれません。

そんなことを考えたのは、中上さんもケルアックも、体験を通して自分の書いた文章が、同時に自分のものではない、といった二重性を感じるから。

最後に──。今回「現代詩文庫」で、中上さんの句を幾つか読むことができたのも楽しかった。詩が俳句的なのに、句はビートニクスの詩人が書いたハイクみたい。「路上忌」は詩集『アイオワ冬物語』と重なります。俳句《枯枝やりすをくわえし烏猫》は、詩でも《ケルアックという人のお墓へ行ったときのことだけどね／とわたしは娘にいった／まっ黒なネコがリスをくわえてさ／木の上からにらんでいたんだ》（「それで、朝の散歩はおしまい」）と、作者の記憶に引っかかったちいさな出来事に目が向けられています（リスにとっては大事件かもしれないけど）。

『アイオワ冬物語』から二十年後の『エルヴィスが死んだ日の夜』と同名の詩では、エルヴィス（・プレスリー）の死んだ日の夜の情景が克明に三十一行つづられています。だけど最後にたった一行《ケルアックが死んだ日のことはどうしても思い出せない》。

（2015.2）

現代詩文庫 214 中上哲夫詩集

発行日 ・ 二〇一五年六月三十日

著　者 ・ 中上哲夫

発行者 ・ 小田啓之

発行所 ・ 株式会社思潮社

〒162-0842 東京都新宿区市谷砂土原町三―十五

電話〇三（三二六七）八一五三（営業）八一四一（編集）八一四二（ＦＡＸ）

印刷所 ・ 創栄図書印刷株式会社

製本所 ・ 創栄図書印刷株式会社

用　紙 ・ 王子エフテックス株式会社

ISBN978-4-7837-0992-3 C0392

現代詩文庫　新シリーズ

201 **蜂飼耳詩集**
202 **岸田将幸詩集**
203 **中尾太一詩集**
204 **日和聡子詩集**
205 **田原詩集**
206 **三角みづ紀詩集**
207 **尾花仙朔詩集**
208 **田中佐知詩集**
209 **続続・高橋睦郎詩集**
210 **続続・新川和江詩集**
211 **続・岩田宏詩集**
212 **江代充詩集**
213 **貞久秀紀詩集**
214 **中上哲夫詩集**

この時代の詩を深く模索し続ける新世代の旗手の集成版。解説＝荒川洋治ほか
張りつめた息づかいで一行を刻む、繊細強靱な詩魂。解説＝瀬尾育生ほか
ゼロ年代に鮮烈に登場した詩人の、今を生きる言葉たち。解説＝山嵜高裕ほか
懐かしさと新しさと。確かな筆致で紡ぐ独創の異世界。解説＝井坂洋子ほか
二つの国の間に宿命を定めた中国人詩人の日本語詩集。解説＝谷川俊太郎ほか
ゼロ年代以降の新たな感性を印象づけた衝撃の作品群。解説＝福間健二ほか
個から普遍の詩学、その日本語の美と宇宙論的文明批評。解説＝溝口章ほか
何物にも溶けない砂に己を重ねた詩人が希求する愛と生。解説＝國峰照子ほか
自由詩と定型詩の両岸を橋渡す無二の詩人、その精髄をあかす。解説＝田原
八〇年代から現在までの代表作を網羅した詩人の今。インタビュー＝吉田文憲
日本語つかいの名手の閃き。最後の詩集までを収める。解説＝鈴木志郎康ほか
飾りのない生の起伏を巡り、書き置かれた途上の歩み。解説＝小川国夫ほか
「明示法」による知覚体験の記述の試みへと至る軌跡。解説＝支倉隆子ほか
路上派としての出発から現在まで。詩と生きる半生を刻む。解説＝辻征夫ほか